Sem Rumo

LILIANE PRATA

Sem Rumo

LILIANE PRATA

Planeta

Preparação de texto: Clim Editorial
Revisão de provas: Clim Editorial e Midori Yamamoto
Diagramação: A2
Capa: Ana Dobón
Imagem de capa: Altrendo Travel/Getty Images

CIP-BRASIL. CATALOGAÇÃO NA PUBLICAÇÃO
SINDICATO NACIONAL DOS EDITORES DE LIVROS, RJ

P924s

Prata, Liliane
Sem Rumo / Liliane Prata. - 1. ed. - São Paulo : Planeta, 2014.
200 p. ; 23 cm.

ISBN 978-85-422-0305-9

1. Romance brasileiro. I. Título.

14-08526 CDD: 869.93
CDU: 821.134.3(81)-1

14/01/2014 16/01/2014

2014

Editora Planeta do Brasil Ltda.
Avenida Francisco Matarazzo, 1500 – 3o andar – conj. 32B
Edifício New York
05001-100 – São Paulo – SP
www.editoraplaneta.com.br
atendimento@editoraplaneta.com.br

Agradecimentos

Dentre outras pessoas, eu gostaria de agradecer especialmente à Júlia, Isabella, Milcra e Bárbara, pelo carinho e pelas observações preciosas.

À Marisa, ao Antoune e à Cristina, por acreditarem no meu trabalho.

Aos meus pais e ao meu irmão, por tudo.

Ao Marcos, sempre.

Fernando jogou o jornal no banco do passageiro e só então desligou o motor do carro. Ficou imóvel por alguns segundos, respirou fundo e deitou a cabeça no encosto. Sairia assim que a música acabasse. Duran Duran. *I made a break I run out yesterday/tried to find my mountain hideaway/maybe next year maybe no go/I know you're watching me every minute of the day.*

Consultou o relógio de pulso. Oito e cinco. Não levaria mais do que quinze minutos. Era só entrar, pegar o envelope e ir para o escritório.

Ainda ouviu a voz do locutor anunciando qualquer coisa antes de sair do carro. Resolveu andar um pouco pelo estacionamento descoberto, onde seu Voyage chamava atenção entre um Fiat 147 e um Chevette. Oito e catorze.

Fazia frio em São Paulo e a baixa umidade do ar aprisionava uma grossa camada de poluição no céu. Quando se olhava para cima, via-se um azul intenso se transformar, aos poucos, na tonalidade melada e turva do horizonte. Fernando fixou o olhar num ponto turvo qualquer, acendeu um cigarro e se deixou levar por alguns pensamentos que iam e vinham aleatoriamente. O que ia comer quando saísse dali. O que precisava fazer no trabalho. Aonde iria à noite. Apagou o cigarro pela metade para alguns segundos depois acender outro. Verificou novamente as horas, respirou fundo outra vez e, após fumar um terceiro cigarro pela metade, entrou.

Oito e trinta e dois. Um homem perguntou o que ele queria. Fernando respondeu em voz baixa, tentando passar tranquilidade, sem perceber que tentava.

Alguns minutos no sofá de couro creme. Muitos minutos no sofá de couro creme. Henrique.

Como odiava ter sua mente invadida pela imagem de Henrique. Babaca. Nunca teria imaginado que se lembraria dele em um sofá de couro creme a vários quilômetros do escritório. Só pensava nele quando se viam. Mesmo assim, na maioria das vezes em que se viam, não pensava nele. Apenas o via, conversava um pouco sobre trabalho, disfarçava a tensão crescente em que viviam. Mas, ali, sentado naquele sofá de couro creme e observando sem ver duas ou três pessoas que, como ele, esperavam alguma coisa, lembrou-se da conversa que haviam tido alguns dias antes. Daquele olhar tenso. "Acabo com você aqui mesmo se continuar insistindo nessa história", lembrava-se de ter dito enquanto encostava Henrique contra a parede da escadaria. Alguém tinha ouvido alguma coisa?

Consultou o relógio, mas não viu as horas. Fez força para pensar em algo que o distraísse, mas não precisava. Agora seu interior se afundava no cômodo silêncio que lhe era familiar. Pegou uma revista *Manchete* em uma pilha. Mirou o canto da capa: era uma edição de duas semanas antes, 1º de setembro de 1984. Folheou as páginas rapidamente, atendo-se apenas às fotos e a uma ou outra frase isolada. Quando estava chegando ao fim, uma mulher o chamou. Ele deixou a revista no sofá e se levantou sem dizer uma palavra.

E, então, um envelope branco. Ali, na sua frente, enfim, o que ele queria: o insosso envelope branco.

Pegou o envelope, agradeceu com a cabeça e virou as costas. A mulher disse qualquer coisa. Sem ter ouvido, ele apenas balançou de novo a cabeça, pegou a chave no bolso e saiu. Só no carro percebeu que suas mãos tremiam.

O envelope passou o dia no porta-luvas. À noite, voltando do escritório, ele o sentiu de novo nas mãos e foi invadido por um crescente mal-estar. Pegou o elevador. Entrou no apartamento. Olhou à sua volta: não havia ninguém. Jogou o envelope, a carteira e a chave do carro em cima da mesa. Pegou uma Coca na geladeira. Acendeu um cigarro. Sentou-se no sofá. Alguns minutos de silêncio, interrompido apenas por uma ou outra baforada mais profunda.

Por que estava tão nervoso? O que importava tanto? Detestava aquela vulnerabilidade. Detestava os raros momentos em que pensava mais do que o necessário. Pensar nas tarefas do trabalho, em que roupa vestir ou o que comer era preciso porque envolvia as atitudes que tomaria. As ações. Pensar era um meio, nunca um fim em si mesmo. Quando notava seus pensamentos se comportando com um fim, suspirava, impaciente, e procurava alguma atividade que o fizesse voltar para o mundo concreto.

Era dessa forma que seus pensamentos se comportavam, ou tentavam se comportar, naquele momento.

Alguns minutos depois, mais trêmulo do que nunca, ele estava guardando o envelope branco dentro de uma caixa com documentos e recibos, no terceiro compartimento da parte superior do armário, da esquerda para a direita.

Em seguida, voltou para a sala e ligou a TV.

Primeira parte
Três meses antes

1.

Fernando olhou pelo retrovisor a placa que ficava para trás. Não devia tê-la deixado passar. Dirigia bem em rodovias, mas sempre se culpava pelas placas que deixava de ver. Abriu o vidro, acendeu um cigarro e abaixou o volume do som. Detestava jazz, mas não percebeu que, no rádio, tocava Miles Davis bem baixo. Por que estava indo lá, afinal de contas? Poderia ter dado uma desculpa qualquer. Outra placa. Dez quilômetros. Bem, bastava fumar e ouvir música por dez quilômetros e chegaria aonde nem sabia se queria chegar.

Aumentou o volume. *Baby, won't you make up your mind/Just don't keep breaking my heart/It seems that you want to part/Baby, won't you make up your mind.* Mudou a estação, terminou bem devagar o cigarro e virou à esquerda após passar debaixo de um viaduto. Diminuiu a velocidade, passou para a terceira marcha, apoiou no volante a mão esquerda e abriu o mapa com a outra. Mais quinze quilômetros, agora em estrada de terra.

Quase meia hora depois, viu a placa do sítio. Dobrou à direita e estacionou o carro. Desligou o motor e sentiu um desânimo profundo. Ainda dava tempo de desistir. De qualquer forma, era isso que queria? Não é por uma questão de tempo que se desiste. Ou, pelo menos, não é *só* por uma questão de tempo. Olhou para os carros estacionados ao seu redor e só então ouviu o som de algumas risadas ao longe. Alguns passos e pronto, estaria no sítio, jogando futebol com os colegas, tomando cerveja, reclamando do trabalho e, com sorte, ouvindo casos engraçados e dando algumas risadas. Não precisaria fazer nada que não quisesse. Não era preciso ficar nervoso. Tudo estava correndo bem.

Gustavo foi a primeira pessoa que ele viu. Estava de costas, a princípio ajeitando o portão que parecia emperrado.

– E aí, cara! – disse, dando em Fernando algo parecido com um abraço.

– O pessoal já chegou?

– Você foi o último. Corre que você entra agora mesmo, o Claudio machucou o joelho. Espera, me ajuda a consertar isso aqui. Não quero deixar nenhum motivo pra não alugarem pra gente da próxima vez, mas o portão já estava assim.

– Elas vieram?

– Claro, por que elas não viriam? Ajuda aqui.

Fernando se agachou e tentou ver se o portão precisava de óleo. Talvez tivesse um frasco no porta-malas, na caixa de ferramentas. Talvez desse para voltar ao carro, fingir que tinha ido pegar a caixa de ferramentas e ir embora. Mas, em vez disso, ouviu o grito de Claudio, procurou aprovação no olhar de Gustavo e saiu para a partida.

Era um belo campo. A grama bem cortada, as traves recém-pintadas e até mesmo dois bancos de reserva impecáveis. De lá, viam-se algumas árvores, uma piscina semiolímpica e uma ampla casa amarela. Um sítio de primeira linha. Alugado, mas poderia ser de um amigo. Ao longe, em volta da churrasqueira, um grupo de mulheres conversava e tomava cerveja. Fernando chutou a bola para Raul. Eram dez ou doze meninas. Raul passou a bola para Emiliano. Não eram feias, nem se vestiam de modo exageradamente vulgar. Normais. Emiliano chutou para Mateus, mas Carlos Eduardo roubou a bola. O que elas estariam conversando? Já se conheciam? Carlos Eduardo foi levando a bola sozinho até fazer o gol. Henrique estava lá?

Final da partida. Carlos Eduardo foi ovacionado pelo time, entre abraços, tapas nas costas, piadas e risos. Claudio se levantou mancando, com uma bolsa de gelo no joelho direito, e perguntou se a picanha estava pronta, mas ninguém respondeu. Entre ideias não elaboradas até o fim e frases sobrepostas, todos foram andando animadamente em direção à área da churrasqueira. Fernando ria como se estivesse se divertindo, e perguntava onde estava a cerveja como se quisesse saber. Observava como os colegas se posicionavam em frente às garotas e lembrou-se de quando, aos quinze anos de idade, tentava reparar em como os garotos tiravam as meninas para dançar nos bailes da escola. Não era uma lembrança boa. Abriu o freezer branco e tirou uma lata de cerveja. Era bom ser bom em fingir que não estava nervoso. Talvez parecesse até mais calmo do que uma pessoa realmente calma.

Encostou-se a uma mureta, começou a ouvir os comentários sobre as jogadas de Carlos Eduardo e relaxou, mas não muito e não por muito tempo. Algum dos caras já tinha saído de cena com uma das garotas? Onde estava Mateus? Só agora ouvia a música: Demônios da Garoa. Tomou um gole da cerveja e deu uma risadinha tensa, tentando adivinhar quem Mateus teria escolhido, quando o viu do lado da churrasqueira, ajudando Sérgio a partir a alcatra. Era cedo. Havia tempo.

Pegou outra cerveja, acendeu um cigarro e se deslocou, quase sem querer, para a roda de Lúcio, Carlos e quatro garotas. Estavam rindo e contando casos sobre o trabalho. Uma das meninas, Tânia, nome que descobriria mais tarde, era de longe a mais vulgar. Usava uma saia curta, que realçava a bunda, grande, mas também as pernas finas. Nos ombros de fora, uma marca de biquíni bem visível. O cabelo, opaco, tinha uma cor artificial, quase patética. O rosto não era feio: talvez o nariz fosse grande demais para os olhos, mas o conjunto não era desarmonioso. A risada era de mau gosto, assim como as gírias, mas nada muito diferente de várias outras garotas que conhecera.

Lúcio começou a brincar com o cabelo de Tânia, que bebia e ria de maneira exagerada. Pegou-a pela cintura e sussurrou algo no seu ouvido, para mais uma explosão incontida de risos dela. Fernando tentava se concentrar na conversa com Carlos, mas não conseguia, ou não queria, deixar de observar o casal.

– Acho que seu amigo quer também – Tânia disse para Lúcio.

– Você aguenta dois, Tânia? – perguntou Lúcio, já quase bêbado, tom de deboche.

Fernando sentiu um calafrio ao ouvir as palavras dela. Em sua posição de observador, não estava sendo tão discreto quanto pensava. Mas as consequências não foram más: apesar de brincar com Tânia, Lúcio não pensou muito antes de trocá-la por Juliana, que se aproximava da roda. Ela não era exatamente mais bonita, mas tinha um rosto de adolescente e uma inocência no olhar que traía a profissão. Quando Lúcio começou a conversar com Juliana, Tânia se aproximou de Fernando e, antes que ele se preocupasse com o que falar ou se deveria mesmo ir em frente, já estava em um dos quartos do sítio, ainda de camiseta, ainda de meias, mas sem calção , sem cueca e com enorme alívio por tudo estar correndo como o esperado.

Foi tudo muito rápido. A Tânia que conversava e ria, alguns minutos atrás, não precisava de cerimônias ou carinhos elaborados. E Fernando não precisava de mais do que alguns minutos. Ali, na falsa intimidade do quarto no sítio, podia ser ele mesmo e se refugiar naquele ato que, para ele, era solitário por definição, não importava quantas pessoas estivessem envolvidas. Estava acostumado àquela sensação. Finalmente, longe dos olhares dos colegas de trabalho com quem se relacionava, mas não mantinha uma amizade, sentia-se confortável. Terminou, vestiu a cueca, o calção e se deixou sentar no chão, cansado. Tânia ajeitou a blusa.

– Vou pegar uma cerveja, quer?

– Não.

– Quer que eu volte, depois de pegar a cerveja?

– Não.

Ela passou as mãos na testa suada e ajeitou o cabelo maltratado em um coque.

– Que calor, nossa...

– Você não ia pegar uma cerveja?

– Estou indo, não precisa falar desse jeito.

Ela arrumou a blusa, que já estava arrumada, e saiu do quarto.

– Ei, ei – , ele chamou.

– Fala.

– Quanto você ganha por churrasco?

– Você não sabe para onde vai o seu dinheiro? Por que não olha depois quanto pagou?

– Deve ser menos do que paguei pela cerveja.

– Vai se foder.

Ela saiu do quarto e ele deu um sorriso, o primeiro sorriso honesto do dia.

2.

Moravam no sexto andar de um prédio azul e branco no elegante bairro de Moema.

A decoração era precisa. A ampla cozinha tinha aspecto de que nunca fora usada, assim como a área de serviço. Na copa, uma mesa com seis cadeiras – apenas em uma ocasião tinham recebido seis pessoas em casa. Na sala, os sofás pretos eram caros, bonitos e desconfortáveis. Uma janela grande coberta por cortinas pesadas, uma TV, um aparador onde ficavam o telefone, um porta-retrato e alguns objetos de decoração que não chegavam a unificar um estilo. A sala dava para uma pequena varanda onde havia duas cadeiras que ninguém usava. No lavabo, um enorme espelho acima da pia escura. A suíte seria simples, quase insípida, se não fossem as arandelas e a tela de Antonio Peticov, que davam certo charme ao cômodo. Um armário de oito portas, uma TV pendurada numa estrutura metálica vinda do teto, dois criados-mudos, um rádio-relógio. No banheiro, mais um espelho grande. Havia ao lado, um quarto de hóspedes. Uma máquina de escrever ficava no cômodo restante, assim como o aparelho de som de última geração e os livros – poucos.

O apartamento se encontrava sempre em ordem e seu cheiro, mesmo após a limpeza da diarista, feita às quintas-feiras, era quase inexistente. Se não fosse pelo porta-retrato na sala, com a foto de um sorridente casal, pareceria, à primeira vista, um hotel. Tudo ali era funcional, organizado e infalível. Até o barulho vindo do lado de fora – não muito, a não ser no horário de almoço – não parecia alterar a precisão daquele espaço. Combinado com o som da TV, quase sempre ligada quando os moradores estavam em casa, o ruído do corre-corre da rua entrava e saía sem ser notado.

Júlia entrou em casa. Deixou a bolsa em uma cadeira, consultou o relógio e pegou um copo d´água. Não havia ninguém, não era preciso falar alguma coisa para saber. Acendeu algumas luzes. Crescera ouvindo que luzes acesas deixam o ambiente alegre. Suspirou e olhou o relógio de novo. Da primeira vez, não tinha visto que horas eram. Dizem que, quando se consulta rapidamente o relógio, não é para que se saiba que horas são, mas sim quanto tempo falta.

No caso de Júlia, quanto tempo faltava para que as coisas não se tornassem ainda piores.

Quando Fernando entrou no apartamento, encontrou Júlia deitada no sofá, assistindo a um programa qualquer na TV.

– Onde você estava, Nando?

– No churrasco com o pessoal do trabalho. Eu tinha te avisado que era nesse sábado.

– Eu sei, mas até agora?

– Até agora.

– Dessa vez é sério, Nando. Preciso conversar com você.

Ela abaixou o volume da TV.

– Eu te amo, Nando.

– Eu também te amo. Você sabe disso.

– Eu te amo, mas me sinto sozinha.

Ele parou de pé em frente ao sofá. Ela não fazia o tipo de mulher que chamava atenção na rua, mas era bonita. Magra, com cabelos lisos na altura do ombro, algumas sardas. Os olhos eram grandes, castanhos, e os lábios, delicados. Tinha o nariz ligeiramente entortado para a esquerda, mas só de perto e depois de certa intimidade era possível reparar.

– Eu também me sinto sozinho, Júlia. Todo mundo se sente sozinho.

– Mas eu não queria que fosse assim, Nando. Eu queria... Senta aqui, por favor. Eu queria me sentir preenchida quando você chegasse em casa, por exemplo. Eu me sinto sozinha quando você não está aqui. Mas, quando você chega, sabe o que acontece? Eu me sinto ainda mais sozinha. E eu tento, mas não consigo ver o menor sentido nisso. Como posso me sentir mais solitária quando você está aqui? Por que isso acontece?

Silêncio.

– Eu te amo, Nando, eu te amo e tenho medo do nosso futuro. Tenho medo de uma porção de coisas. Tenho medo, sei lá... – Ela começou a brincar com a aliança enquanto falava. – De não ser feliz no meu trabalho, de ser atropelada na rua, de você entrar e falar que não me ama mais, de tudo, Nando. Eu sou muito medrosa, eu sou fraca.

Ele suspirou e se sentou no sofá.

– Eu não te entendo, Júlia. Eu não entendo você.

– Você me acha complicada?

– Acho.

– Mas você me ama?

– Amo.

– Me desculpa por ser assim. Me abraça, me desculpa. Às vezes, eu não sei me expressar. Não sei o que eu quero, não sei nem se eu quero alguma coisa. Não sei... Me abraça mais forte. Desculpa por ser tão confusa.

Ela agora estava chorando.

– Era para eu estar satisfeita, semana que vem é nosso aniversário, minha mãe me disse que dois anos são bodas de algodão, você sabia? Mas eu nunca estou satisfeita com nada, eu sempre estou sofrendo. Eu não tenho jeito, acho que nasci para sofrer. Não sou igual a você.

– Como eu sou?

– Não sei, você está sempre com essa cara, você é tão estável, não é cheio de altos e baixos, como eu. Você é tão maduro, eu sou tão criança. Você trabalha o dia todo, não reclama, você não reclama de mim, daqui de casa, de nada, e eu sempre reclamo, sempre tem algo me incomodando, eu... eu me sinto sozinha.

Fernando a abraçou.

– Você não é criança. Você só complica a vida um pouco e tem de parar com essa mania.

– A vida é complicada.

– Não, não é.

– É, sim – , disse ela, procurando um lenço à sua volta e, não tendo encontrado, passando os punhos da blusa nos olhos e no nariz. – A vida é complicada, a vida é um saco.

– A vida é simples, e você não entende isso porque é frágil demais. Se deixa abater por tudo. É o seu jeito – ele disse, pegando no queixo dela, que sorriu. – Você faz mil confusões na sua cabeça e fica perdida. Tenta complicar menos. Inventar menos. Você não tem saído com suas amigas. Por que não sai com elas?

– É, vou fazer isso. Talvez seja isso.

– E para de complicar as coisas. Está tudo certo entre nós.

Ela chorou por mais alguns segundos e foi parando lentamente. Consultou o relógio da parede. Quanto tempo faltava?

– Eu preferia como era antes, sabe?

Ele apenas franziu as sobrancelhas.

– Eu estava feliz no começo. Quer dizer, foi um período de adaptação, eu tinha minhas dificuldades para lidar com nossas diferenças e com aquela mudança toda de vida, mas eu estava bem. Puxa, nosso primeiro ano aqui em casa foi um ano tranquilo. Estava tudo dentro dos conformes, não estava? Eu me sentia, não sei direito, eu me sentia mais próxima a você. Mas depois...

– Não aconteceu nada depois.

– Sinto você cada vez mais distante.

Ela fez uma pausa.

– Nando, eu tenho ciúmes de você. Você nunca tem ciúmes de mim. Você não está nem aí para mim.

– Falar com você e não falar dá no mesmo, não? Lá vem você, complicando de novo. Para com isso, Júlia.

– Você não tem ciúme do Bruno.

– O Bruno é uma bichinha.

– Não é, não. Qualquer marido teria ciúme dele. Se eu falo do Bruno, você nem se importa, você não se preocupa.

– E eu preciso me preocupar?

– Não, é claro que não, mas... Nando, eu quero que a gente durma bem abraçado, vamos dormir bem abraçados hoje?

– Vamos.

Foram para o quarto. Ela deitou sua cabeça no ombro dele.

– Quero parar de pensar em problemas, Nando.

– Então, para – , ele respondeu, mais ríspido do que pretendia. Ela não falou mais nada. Quando ele beijou sua cabeça, ela fechou os olhos. Ele dormiu logo. Ela demorou alguns minutos.

Dia seguinte. Fernando se levantou antes de Júlia. Fez a barba, tomou um banho longo e, quando saiu do boxe, ainda passou trinta minutos no banheiro, no que considerava um pequeno ritual de cuidados pessoais. Primeiro, olhou-se no espelho de vários ângulos. Com uma pinça, tirou alguns pelos do nariz, antes de observar bem as orelhas para ver se não tinha nascido nada. Examinava sua orelha havia alguns meses, desde que notou dois pelos em um colega do trabalho da mesma idade. Penteou para trás os cabelos molhados e observou seus poros por alguns instantes. Estavam fechados e não havia espinhas ou cravos. Em seguida, passou desodorante e cheirou as axilas, satisfeito. Observou-se por mais alguns segundos. Seu peito e sua barriga eram peludos, sua pele macia e sem marcas, e ele estava perfeitamente limpo. Só então vestiu uma calça de náilon e uma camiseta azul, comeu duas bananas e saiu de casa. Iria correr e tomaria outro banho na volta.

Costumava correr quando a academia estava fechada. Fazer musculação era uma das coisas mais prazerosas do seu dia a dia. Tudo no ambiente da academia era agradável: guardar os pertences no vestiário, encher a garrafa de água, ouvir música, observar as mulheres bonitas indo à aula de aeróbica. Gostava de sentir o peso dos exercícios, ver seus músculos se contraírem, olhar-se vez ou outra no espelho e se sentir saudável e bem disposto na volta, suado, a caminho do apartamento. Apesar de não seguir uma dieta rígida, a não ser em um ou outro detalhe que julgava importante – como comer frutas e verduras –, era dono de um dos melhores corpos da academia e se orgulhava disso. Não tinha o físico inchado, mas definido, e orgulhava-se sobretudo da barriga musculosa. Ao longo do dia, mesmo em público, não era raro que se flagrasse apalpando discretamente seu abdômen e contendo-se para não sorrir.

Duas horas depois, Fernando entrava no apartamento segurando um cabide com uma embalagem plástica em uma mão e duas revistas na outra. Uma semanal, sobre notícias variadas, e outra sobre negócios.

– Aonde você foi? – perguntou Júlia, assim que ouviu o barulho da porta se abrindo.

– Como, aonde eu fui? Fui correr. E também subi com o terno. O casamento do Raul é hoje – ele disse, acomodando as revistas no revisteiro de madeira, onde bateu os olhos na manchete do jornal: "Brasil registra mais trinta casos de nova síndrome – No total, são 106 casos desde o primeiro diagnóstico de SIDA ou AIDS, mas ainda falta informação sobre o contágio."

– Eu sei muito bem que o casamento do Raul é hoje. Meu vestido já está pronto, mas eu não sei, não vou com a cara desse Raul, não sei se quero ir ao casamento.

– É claro que a gente vai ao casamento. Todo mundo do meu trabalho vai estar lá. De onde você tirou isso?

– Sei lá de onde tirei isso.

– Não seja boba.

– Não sou boba.

– Não me faça passar por isso, Júlia. Como vou chegar sem você no casamento? Não faz sentido. Vão querer saber onde você está, por que não foi, e o que vou responder?

– Fala que eu fiquei em casa, que eu não me sentia bem.

– Isso não existe. Temos de ir a esse casamento, você sabe disso.

Júlia enrolou uma mecha do cabelo e brincou com ela por alguns segundos. Não sentia que a voz que saía da própria boca era sua quando inventava argumentos para não ir a um evento pelo qual, no fundo, esperava com certa ansiedade, mas era difícil resistir. Não sabia muito bem onde queria chegar com aquilo, mas gostava do efeito que suas palavras estavam causando em Fernando.

– Tudo bem, esqueça o que eu disse, vou com você – ela disse, desistindo.

Ele não respondeu nada, pegou um copo d´água e foi tomando a caminho do banho. Quase uma hora depois, estava na cozinha.

– O que vamos almoçar? – ele perguntou sem olhar para ela.

– Não pensei em nada, talvez um macarrão.

– Pode ser macarrão.

Ela abriu o armário enquanto o ouvia acender o isqueiro. Tinha sorte por ter um marido tranquilo, que não a incomodava pedindo refeições complicadas. Durante a semana, ambos faziam as refeições fora, mas, no fim de semana, Fernando sempre aceitava comer qualquer coisa. Depois, ele fazia sua refeição quieto, vendo um programa esportivo ou outra coisa qualquer na TV, e, quando acabava, verificava se tinha caído alguma sujeira no sofá, voltava à cozinha e deixava seu prato na pia. "Como é bom ter um marido asseado", ela se pegava pensando algumas vezes.

Mais tarde, quando ele estava novamente em frente à TV, agora assistindo a um filme, ela beijou seu rosto e perguntou se estava tudo bem, falou que estava bastante animada para sair, que o tempo estava melhor do que de manhã cedo e que ia se arrumar.

Chegaram ao casamento às dezessete horas e trinta minutos. A cerimônia, realizada na igreja Nossa Senhora do Brasil, não foi longa e se assemelhou em todos os aspectos às demais cerimônias realizadas naquele ano, naquela igreja. A noiva se atrasou por calculados quinze minutos. O noivo simulou para si mesmo e para a família algum nervosismo em virtude do simulado atraso. O pai da noiva, ao entrar com ela, emocionou-se. O casal também se emocionou ao trocar as alianças, mas não muito, o que considerariam deselegante. Um ou outro bebê de colo chorou e foi levado rapidamente pela mãe para fora da igreja. Alguns convidados cochicharam que o vestido da noiva era feio ou que ela havia engordado. Alguns olharam o relógio esperando a festa.

No salão em Higienópolis, Fernando viu Henrique e sentiu todo o corpo tenso, mas os cumprimentos foram rápidos e formais. Em seguida, ele apresentou Júlia aos colegas que ainda não a conheciam e todos comentaram que ela era muito simpática. Cumprimentaram os noivos, conversaram sobre o trabalho, os planos para um feriado que se aproximava, a continuação de um filme. Comeram alguns canapés. Fernando gostou principalmente da massa folhada recheada com queijo. Júlia preferiu comer poucos pratos, para esperar o bolo e os docinhos. Os dois dançaram e comentaram que as músicas estavam boas. No carro, reclamaram do cansaço e passaram o trajeto ouvindo rádio. Entraram no apartamento pouco depois da meia-noite e em menos de quinze minutos estavam dormindo.

3.

Quinta-feira. Dez para as dez da noite.

Fernando dirigia pelo bairro dos Jardins. No toca-fitas, Barão Vermelho. *Todo dia é dia/E tudo em nome do amor/Ah! Essa é a vida que eu quis/Procurando vaga/Uma hora aqui, a outra ali/No vai e vem dos teus quadris.* Subiu a Bela Cintra, virou na avenida Paulista, retornou e entrou na rua Augusta, sentido centro. Olhando para fora, se distraiu com as garotas de programa andando por toda parte e quase bateu no Fusca à sua frente.

Continuou dirigindo pela rua Augusta, agora mais perto do centro. Sempre olhando para os lados. Hotéis e salões de snooker dividiam espaço com bordéis novos e antigos, e ele cogitou continuar até a Nestor Pestana e entrar na Kilt, onde havia estado com uma loira de cerca de 20 anos algumas semanas antes. O barulho do motor e das buzinas dos carros se confundia com o das músicas dos estabelecimentos, as risadas, gritos e cochichos, e Fernando acabou seguindo em frente.

Quando reparou na loira parada na esquina da rua Marquês de Paranaguá, diminuiu a velocidade do carro, de modo que o semáforo ficasse vermelho e ele pudesse observá-la melhor. Ela retocava a maquiagem, indiferente a qualquer coisa. O cabelo, cacheado e muito claro, e as botas vermelhas envernizadas chamavam a atenção mesmo de quem a visse de longe. Usava uma minissaia de cintura alta e uma miniblusa colada ao corpo. Quando o sinal abriu, ela percebeu seu observador e sorriu. Um sorriso franco e convidativo.

Fernando acelerou e parou em fila dupla na quadra seguinte. Enquanto um ou outro carro buzinava, ela atravessava a rua correndo, equilibrando-se nos saltos altíssimos com perfeição, e em seguida se debruçava na janela do carro.

– Entra, entra – ele disse.

Ela deu a volta, entrou e cruzou as pernas. Incomodado pelo perfume doce misturado ao cheiro de cigarro do carro, Fernando abriu o vidro do passageiro.

– Hoje, vou fazer mais barato – ela disse.

Ele não respondeu. Apenas deu a partida e dirigiu por mais algumas quadras até se impacientar com a longa fila de carros à frente, virar à esquerda e parar diante do primeiro hotel que viu. Ela não havia pronunciado nem mais uma frase ao longo do caminho. Percebeu logo que ele não fazia ideia de quem era ela, apesar de terem saído havia no máximo três meses. Ela se lembrava. Daquele carro, daquele jeito ríspido, daquele silêncio que era incômodo até mesmo para uma pessoa acostumada a silêncios como ela. Mas havia sido bom, da primeira vez. Muito bom: rápido, indolor, mecânico e objetivo.

Entraram na estreita porta de um hotelzinho em cuja placa desbotada se lia: "Pernoite Cr$ 3.000. Chuveiro com água quente". Fernando pediu um quarto ao recepcionista, um senhor de meia-idade que lia jornal, enquanto a mulher contemplava, concentrada, as próprias unhas. Subiram as escadas. Ele abriu a porta do quarto – no máximo quinze metros quadrados onde se via uma cama de casal coberta por um lençol encardido, mas aparentemente limpo, um pequeno criado-mudo de madeira escura e um banheiro onde mal caberiam duas pessoas ao mesmo tempo.

Ela se sentou na cama e tentou fazer alguma graça que Fernando não chegou a perceber. Ele colocou a carteira e as chaves em cima do criado-mudo, abriu o zíper da calça e subiu em cima dela, que, agora, ria muito.

– Fica quieta. Me chupa.

Ele fechou os olhos. Ela praticamente não emitiria mais nenhum som nos minutos seguintes. Enquanto ia e vinha com sua boca, ela pensou por que rira daquela maneira. Só agora notou que talvez estivesse um pouco bêbada, após ter dividido meia garrafa de cachaça com uma amiga, em um bar a poucas quadras de onde Fernando a abordara. Tentou se concentrar no gosto de sua boca. Sim, álcool. Sentiu que ia rir e voltou a se concentrar.

Três minutos.

– Agora, com a mão. Rápido.

Ela obedeceu.

Agora ela tentava pensar quando havia sido a última vez que sentira prazer durante um programa. Tinha amigas que garantiam se divertir bastante com seus clientes. Diziam até mesmo que chegavam ao orgasmo com certa frequência. Algumas partiram para a prostituição justamente por causa disso. Tinham casa, uma família humilde, mas não pobre, condições de estudar e, enquanto isso, trabalhar como secretária em algum consultório ou vendedora de roupa. Mas gostavam. Ela sempre dizia que duvidava disso, mas, no fundo, não só acreditava como sentia inveja. Prostituía-se pelo dinheiro, que usava para sustentá-la e à avó. Não enfrentava dilemas morais consigo mesma, mas não sentia prazer algum. O ato despertava tantas sensações nela quanto pentear o cabelo – aquela neutralidade só cedia espaço a uma sensação, a dor, quando era vítima de algum tipo de violência. Isso só ocorrera duas vezes. Depois disso, ela passou a rezar toda noite, antes de sair da casa da avó, e a levar um terço na bolsa. Quando voltava, aliviada por estar inteira, rezava mais uma vez, agradecendo nominalmente vários santos e atribuindo aos céus a sorte que dava na rua.

Dois minutos e meio. Fim.

Ela só se deu conta que tinha acabado quando ouviu o som dele fechando o zíper da calça. Só então percebeu sua mão quente e viscosa. O dinheiro vinha fácil com aquele cara.

– Quanto é?

– Dois e quinhentos.

Ele se levantou, abriu a carteira e lhe estendeu três notas. Ajeitou rapidamente o cabelo no pequeno espelho do banheiro, pegou as chaves, a carteira e abriu a porta, surpreendendo-a quando disse "Até mais".

No fim das contas, ela havia cobrado o mesmo preço da primeira vez.

Ainda não eram duas da manhã quando Fernando entrou no apartamento. Depois de trancar a porta, viu que a luz da secretária eletrônica piscava, mas não se dispôs a ouvir os recados. Tomou um longo banho e se deitou de cueca. Levantou-se cinco horas depois para trabalhar. Tomou outro banho, desta vez mais rápido, vestiu o terno, pegou um iogurte na geladeira e viu novamente a luz da secretária. "Você tem duas novas mensagens", dizia a voz da gravação. Apertou o botão.

– Oi, amor, sou eu. Parabéns! Nem acredito que estamos longe justamente no nosso dia. Está tão frio aqui! Você iria adorar. Ninguém atende no seu trabalho. Estou preocupada. Me liga. Deixei o número do hotel anotado no bloquinho ao lado do telefone. Estou no quarto 301. Um beijo!

– Nando, estou indo dormir. Me liga amanhã de manhã, não consigo falar com você. Está tudo bem por aí? Saiu com seus colegas? Aqui está fazendo cinco graus, agora. Deu tudo certo hoje no trabalho, fiquei feliz, estou cheia de coisas para te contar. Me liga.

Terminou de tomar o iogurte, escovou os dentes e telefonou para o hotel. Ninguém atendia no quarto 301. Tirou um jornal do fundo do revisteiro para ler mais tarde, pegou a chave do carro e saiu.

4.

Buenos Aires.

Só havia dois hóspedes no restaurante do hotel Etoile, além de Júlia. Ela se serviu no bufê e comeu sem sentir o sabor de nada.

Fernando.

Trabalho.

Decisões.

Consultou o relógio e viu que ainda tinha tempo de dar uma volta antes dos dois compromissos do dia. Saiu do restaurante e passou em uma banca em frente ao hotel, onde comprou o jornal – *El País* – , que acabaria não lendo. Andou pelas ruas da Recoleta e foi até a avenida El Libertador, onde caminhou por alguns minutos antes de se sentar no banco de uma praça para ler o jornal, mas acabou só pensando. Ruas. Árvores. Pessoas bem-vestidas por causa do frio. Estudantes apressados indo para a Faculdade de Direito, a alguns metros dali. Era impressionante como os argentinos fumavam. Pensou em Fernando. Sempre se recriminava por amar um fumante. Quando estavam longe um do outro, ela não precisava de um perfume incomum para despertar essas lembranças tão concretas que só o olfato provoca. Aquele cheiro de tabaco a transportava imediatamente para o lado dele, e agora ela se perguntava o que ele estaria fazendo no trabalho e quando sentiria seu abraço de novo. Andou mais um pouco e resolveu procurar algum museu, mas acabou sentindo um desânimo profundo que fez com que mudasse de ideia.

Três anos antes, ela cursava o último ano de Pedagogia na USP. Fernando já havia se formado em administração de empresas e começava sua carreira de executivo numa multinacional americana de varejo. Cruzaram-se por acaso. Júlia costumava andar com uma turma de cinco garotas. Eram amizades iniciadas mais pelas circunstâncias do que por afinidades e ela só insistiu naquele convívio por carência. Sempre se sentiu, de alguma forma, desconfortável com aquelas companhias, e sabia disso, mas evitava pensar no assunto. As cinco eram veteranas de Direito na mesma faculdade, começaram a conversar com Júlia em uma festa, acharam um assunto qualquer em comum e, a partir daí, começaram a sair juntas.

As amigas de Júlia sabiam quais eram os melhores lugares de São Paulo aonde ir à noite, os melhores lugares de São Paulo aonde ir de dia, as melhores companhias, as melhores bebidas, as melhores viagens e as roupas da moda. Eram bonitas, divertidas, riam muito, tiravam boas notas, cheiravam cocaína eventualmente e levavam a vida com tal leveza que Júlia passou a considerar seus questionamentos existenciais como supérfluos e até mesmo nocivos. Passou a sentir admiração por aquele grupo. Antes de se acostumar àquelas amizades a ponto de não se perguntar mais qual era o sentido delas, considerou uma sorte e um favor que pessoas tão interessantes e cheias de vida gostassem dela.

Numa sexta, Lígia e Joana convenceram Júlia a ir a um bar depois da aula. As duas trabalhavam em um grande escritório de advocacia e Júlia acabara de ser admitida como estagiária no departamento de recursos humanos de um banco onde seria efetivada. No bar, as três chamaram a atenção. Era para falar com Joana que Fernando tinha se dirigido à mesa junto com dois colegas. Mas foi por um deles que ela se interessou, e chegaria a iniciar com ele um romance que terminaria alguns meses depois. Fernando se viu então numa escolha entre Lígia e Júlia. As duas eram bonitas, mas Júlia tinha o sorriso mais marcante e foi por esse motivo que ele se aproximou dela.

O que você faz, onde mora, onde estuda, onde trabalha, de que tipo de música gosta, a que programa assiste na TV, para onde vai nos finais de semana, você já viu aquele filme?, veja que engraçada a foto da minha carteira de identidade, qual é o seu signo?, olha que divertido o que me aconteceu semana passada...

Depois de algumas horas, trocaram telefones. Já no dia seguinte, Fernando a convidou para jantar. Ela ficou decepcionada quando percebeu que ele fumava. Odiava cheiro de cigarro e chegou a relutar quando ele propôs um segundo encontro. Mas acabou aceitando, sem saber muito bem por quê. Fernando era simpático e educado, mas mais ouvia do que falava e a conversa não tinha sido lá essas coisas. Suas frases eram concisas e ele não parecia ter muito conhecimento sobre literatura ou cinema, temas que a interessavam. Também não tinha muita abstração para falar da vida ou do sentido das coisas quando ela tentava aprofundar a conversa para entender melhor quem ele era e o que pensava. Além disso, não fazia o tipo do homem suave que ela admirava: Fernando era masculino, viril – quase a intimidava. Acabaram falando de trivialidades e a noite não deixou de ser agradável. O que mais a agradou foi a gentileza: ele puxou sua cadeira, pagou a conta, nunca a interrompia. Preparando-se para dormir naquela noite, Júlia não considerou o encontro marcante, mas estava em um desses momentos da vida em que, não sabendo optar, optava por omissão.

De certa forma, sempre havia sido assim. Ela nunca teve vontade de se mudar de Curitiba. Gostava de morar com a família e pretendia cursar o magistério após terminar o primeiro grau. Não gostava de ser o centro das atenções, mas era extrovertida. Tinha longas conversas com amigos sobre assuntos variados. Ia ao cinema, andava de bicicleta, lia. Nunca foi de namorar muito. Quando as amigas começaram a se interessar pelos rapazes, ainda preferia conversar com elas do que com eles. Na maior parte do tempo, era tranquila e inofensiva, e não tinha grandes ambições. No futuro, pretendia continuar mais ou menos do jeito que estava, sem causar grandes estragos aos outros ou a si mesma.

O pai de Júlia a imaginava morando em São Paulo e tendo uma carreira bem-sucedida. Foi ele quem insistiu para que ela tentasse um vestibular na cidade. A mãe não queria ver Júlia longe, mas apoiou o marido. Ninguém entendia muito bem de onde ele tinha tirado aquela ideia: talvez achasse a filha inteligente demais para levar uma vida tão acomodada, palavra que ele chegou a usar uma vez, numa conversa com a mulher, ou talvez quisesse que ela tomasse o rumo que ele mesmo gostaria de ter tomado, antes de engravidar a namorada e arrumar um casamento que, no fim das contas, mostrou-se harmônico. De qualquer forma, Júlia se deixou levar por aquele projeto sem resistência. Quando foi aprovada na USP, o pai esclareceu que pagaria as despesas até que ela começasse a trabalhar e, mais uma vez, ela não questionou. Sofreu com a distância dos amigos e parentes, mas, aos poucos, adaptou-se.

Júlia foi levando com Fernando uma relação que não lhe exigia esforço algum. Provavelmente, deixaria de ir a um dos encontros posteriores apenas se Fernando o cancelasse, o que não aconteceu, ou se ele fizesse algo tão desagradável que acabasse rompendo sua inércia emocional, o que também não ocorreu: ele fazia tudo da maneira correta.

Fernando buscava Júlia no horário combinado, telefonava quando tinha falado que telefonaria, fazia elogios e surpresas que iam de chocolates a visitas inesperadas. Ela sorriu quando Joana comentou que ele a tratava como uma princesa. Era assim mesmo que se sentia: uma princesa. Parece que, com Fernando, ela sentia até o fim da alma que era uma mulher. Ao seu lado, era uma fêmea delicada e indefesa.

Por baixo daquela casca de agrados e surpresas, Júlia tentava fazer com que Fernando se revelasse: no fundo, suspeitava que não o conhecesse direito e que gostaria de estar com alguém mais companheiro. Alguém que conversasse mais em vez de apenas abraçá-la, sorrir e mimá-la. Mas, com o passar do tempo, esse incômodo foi passando. Júlia se apegava cada vez mais a Fernando, até que aquele namoro, tão diferente do que ela esperava num primeiro momento, virou uma referência em sua cabeça: é assim que os casais felizes se relacionam.

O pedido de casamento foi recebido com surpresa. – Não é um pouco cedo?– , sua mãe perguntou na época. Mas a família aprovava o futuro genro. Era atencioso, trabalhador e parecia ansioso para se casar com Júlia. A falta de conversa, que tanto incomodou Júlia no início, foi dando espaço à alegria por estar sendo amada e protegida. Proteção. De repente, ela adorava a ideia de estar com um homem forte, sério e maduro, que a acolhia de problemas sem importância e frivolidades em geral. Com ele, a vida era prática, simples e agradável.

Foi um casamento perfeitamente adequado, dos bombons à valsa dos noivos, da emoção dos convidados às flores e glacês, do vestido da noiva à lua de mel no Uruguai. Não havia convidado que não achasse aquele um belo casal. De fato, ali, na igreja, os próprios noivos já estavam deslumbrados pela perfeição em que suas vidas pareciam mergulhar. Fernando, que considerava uma sorte ter encontrado Júlia, sentiu-se sinceramente feliz no altar ao reiterar para si mesmo que estava fazendo as coisas como as coisas devem ser feitas. Aos vinte e nove anos, tinha um bom salário, dinheiro para alguns luxos, juventude, um belo físico e uma bela mulher ao lado. Ela era delicada e feminina, com a pele bonita, a voz meiga e o cabelo macio, como ele sempre havia imaginado sua esposa. Gostava quando ela sorria. Gostava de sentir seu cheiro sempre agradável. Nada faltava: tinha a vida que sempre quisera ter. Ali, coberta por tafetá e renda, Júlia também estava feliz: um namoro que já lhe parecera bobo e sem sentido acabou virando uma história com o amor de sua vida. Estava vestida de noiva, numa igreja bem decorada, numa noite em que era a estrela. Tinha um homem que a protegia e a tratava bem e muitos anos de uma vida tranquila pela frente. O que mais poderia querer?

Logo nos primeiros meses de casada, ela começou a se distanciar da sua versão comunicativa e alegre. Continuava serena e com temperamento fácil, mas seus interesses diminuíram para ceder espaço à vida conjugal. Na faculdade, se sentia envolvida pelos estudos. Agora, se atrasava frequentemente, não tinha muito interesse por novos projetos e se flagrava distraída em reuniões. Via as amigas e ligava para a família cada vez menos. Nunca tinha se preocupado em ser bem paga, mas agora era como se seu salário não tivesse nenhuma importância. De fato, perto dos ganhos de Fernando, sua renda era apenas um complemento, e ela começou a achar uma perda de tempo passar tantas horas no escritório. – Quando engravidar, paro de trabalhar– , pensou algumas vezes.

Naquela época, estava satisfeita com seu relacionamento. Em alguns momentos, sentia que faltava algo, mas já se habituava ao jeito calado do marido. Desconfiava que, ao ser mãe, esse incômodo sem nome que às vezes a espreitava passaria. Quando falou em parar de trabalhar, Fernando foi categórico: ela poderia deixar o emprego quando quisesse, com ou sem filhos. Ela própria se espantou ao se perceber tão confortável com aquela possibilidade, mas, como não voltaram a conversar sobre o assunto, manteve sua decisão de pedir demissão somente quando estivesse grávida. E continuava trabalhando enquanto sonhava acordada com seus buracos interiores sendo preenchidos por choros e mamadas.

Júlia estava a poucas quadras do hotel quando viu a Iglesia Del Pilar e se sentiu impelida a entrar. Era a primeira vez em muito tempo que se via em uma igreja sem estar em um casamento. Pretendia sair depois de observar a arquitetura, mas acabou se sentando no comprido banco de madeira, onde se deu conta de que não se lembrava como se rezava o pai-nosso. Fez o sinal da cruz, fechou os olhos por alguns instantes e voltou para o hotel.

5.

Nove da manhã. Carros, pedestres, céu nublado. Fernando estacionou em um prédio na avenida São Luís, no centro de São Paulo. Elevador. Nono andar, por favor. O primeiro colega que viu foi Carlos Eduardo, de costas, e não parou para cumprimentá-lo. Já na sua sala, dispôs a pasta na mesa e pensou em acender um cigarro enquanto lia rapidamente um memorando.

– Acho que os caras já chegaram –, disse Emiliano, batendo na porta aberta. – Você só chegou agora, quer que eu mande tirar cópias dos papéis?

– Tudo que precisamos já está organizado –, respondeu, entregando o memorando agora assinado ao contínuo que passava.

Saíram em grupo e pegaram o elevador. Carlos Eduardo e Claudio faziam comentários discretos sobre a última rodada de jogos do campeonato, enquanto Fernando seguia em silêncio. Entraram na sala de reuniões, no segundo andar. Todo o prédio pertencia a uma rede de varejo americana renomada lá fora, mas recém-chegada ao Brasil. A meta da matriz era disputar a liderança do segmento em São Paulo logo nos dezoito primeiros meses, com a abertura de dezenas de lojas já no primeiro ano, estratégias agressivas de publicidade e grandes liquidações. Mas agora, às vésperas do décimo segundo mês, amargavam a sexta posição do ranking. Ainda assim, o resultado parecia dever-se muito aos preços abaixo dos inicialmente planejados. No caso das mercadorias de marca própria, um dos carros-chefes nas filiais fora dos Estados Unidos, o resultado era ainda mais desanimador. Mesmo mais atraentes e variadas do que na concorrência, as peças de vestuário e roupas de cama continuavam nos estoques.

– Que expressões mais tensas nesta sala! Pelo visto, as amigas das suas esposas não andam fazendo muitas compras – disse Aldo Figueira, diretor-geral da filial brasileira, sentando-se à cabeceira da mesa, poucos minutos após todos terem se acomodado. Os funcionários riram. – Ah, foi só falar de compras que riram! Agora todo mundo vai se esquecer de que está aqui e ficar imaginando que TV nova querem em casa... Era só o que faltava... – Novas risadas, desta vez mais fracas e espaçadas. Fernando esforçou-se para não parecer contrariado. Detestava aquelas piadas. Sabia que o clima era tenso, que ou as vendas subiam ou haveria um corte no quadro de funcionários nos próximos meses, e não achava que os problemas se resolveriam com piadas corporativas. Pensou em pegar o cigarro que quase tinha acendido em sua sala, mas se lembrou de que Aldo detestava quando não fumavam na escadaria.

Alguém ligou o projetor e Aldo começou a mostrar uma série de gráficos. Números em Paris. Amsterdã. Nova York. Gráficos com o perfil dos clientes americanos e europeus e também das marcas concorrentes lá e no Brasil, o primeiro país da América Latina a receber a rede. Claudio, sentado ao lado de Fernando, fez algumas anotações. No exterior, as lojas de grande porte, que chegavam a 15 mil metros quadrados, vendiam bem de câmeras fotográficas a barcos, o que não estava acontecendo aqui. A maior loja inaugurada em São Paulo, nas imediações da Praça Ramos, era para ser o grande destaque. Mas, ao contrário dos planos, não havia nem chamado a atenção para a rede nem desbancado um dos concorrentes que, a poucas quadras dali, ostentava uma tradição aparentemente inabalável.

– O brasileiro não ficou à vontade com a disposição dos produtos e a decoração, muito austera para os padrões daqui – disse Claudio. – Se essa loja fizer sucesso, vai alavancar todas as outras. Ela precisa de uma grande reformulação.

– É a qualidade dos produtos dos fornecedores de eletroeletrônicos – disse Fernando. – Isso está em todas as lojas. Os aparelhos de som da concorrência, as filmadoras e televisões são superiores.

– Mas, veja bem, nos Estados Unidos os fornecedores são os mesmos, não são os melhores do mercado e nem por isso impedem o sucesso do restante do mostruário. Uma coisa não tem nada a ver com a outra.

– É claro que tem – disse Fernando. – O brasileiro tem uma relação de confiança com as lojas de departamento. Se já levou para casa uma máquina fotográfica e não gostou, vai desconfiar dos lençóis, dos ternos, da máquina de escrever.

– Exato, mas essa relação de confiança passa pelo que o cliente sente quando entra na loja – alguém falou ao fundo. – Se aumentar o movimento na loja principal, o sucesso das outras virá naturalmente. Precisamos reformular essa loja, o Claudio tem razão.

"O Claudio tem razão...", repetiu a mente de Fernando. "Dane-se o Claudio! Não é redecorando a loja principal que vamos vender mais, são todos uns babacas."

Algumas discussões. Mais transparências dando continuidade à apresentação. Questionários respondidos por consumidores da rede nos outros países. Diferenciais que encontravam nos seus produtos. Que impressões tinham ao andar pelas lojas. Com que frequência costumavam fazer compras. Respostas indicando a influência dos preços na decisão de compra. Opiniões sobre a propaganda. Opiniões sobre os catálogos. Mais discussões. Terminaram expondo brevemente os problemas que a matriz estava sofrendo com a justiça desde a acusação de uma fraude aduaneira envolvendo a importação de videocassetes do Japão e Coreia do Sul.

– A repercussão na imprensa nacional pode ter afetado a nossa imagem perante os clientes – disse Fernando, mas ninguém concordou.

Fernando fumava na escadaria quando Henrique abriu a porta.

– Tenso?

– Por que estaria?

– Ora, você sabe que não estamos passando pela melhor fase aqui – respondeu Henrique, acendendo seu cigarro. – O varejo precisa de respostas rápidas, você sabe. Numa situação como essa, daqui a pouco vão concluir que quanto menos gente no comando, melhor. Todo mundo está com uma corda no pescoço.

– Talvez uns mais que outros. Eu pelo menos venho ao escritório todos os dias.

– Como é que você diz uma coisa dessas? Eu trouxe atestado médico. Pode estar certo de que eu prefiro trabalhar a passar mal.

Pausa.

– Você é inacreditável, Fernando. Você...

– Eu só não acho que esteja tão complicado assim. Estamos abaixo da meta e precisamos reverter o quadro, só isso. Uma boa estratégia e pronto.

– Sempre simplificando os problemas.

Henrique se sentou num degrau.

– Achei que fossem falar sobre bônus – disse, mexendo na aliança da mão esquerda. – Adoro esses programas de motivação. Acho que quem tem uma boa ideia deve ser recompensado e quem não está apresentando resultados precisa ser punido de alguma forma, nem que seja só para dar exemplo para os outros. No final, ganha mais quem trabalha mais. Acho mais justo. E é estimulante.

Fernando balançou a cabeça, concordando. Como falava bobagem. Pelo visto, nunca tinha trabalhado em uma empresa com esse tipo de política para os executivos que se destacavam. Ele sabia bem. Havia saído com uma gastrite de um estágio com apenas seis meses de duração.

Henrique olhou pela janela, soltando uma baforada.

– O que você vai fazer hoje à noite?

– Trabalhar em casa.

– Você não vai trabalhar em casa, deixa disso.

– Vou tentar adiantar alguma coisa.

Fernando já tinha terminado o cigarro, mas não queria voltar para sua sala. Também não queria continuar na escada.

– Podíamos sair com os caras. Tomar umas cervejas, como daquela vez – disse Henrique.

Fernando lançou-lhe um olhar cortante. Lembrava-se bem como tinha sido a última vez, embora tivesse se esforçado para esquecer. Mas ainda sentia o gosto da bebida na sua boca e a cabeça rodando. Sem dúvida, teria sido o maior vexame de sua vida, se reconhecesse o que tinha ocorrido.

– Sem chance. Estou cansado.

Pausa. Baforadas.

– Como vai a Júlia?

– Está lá, fazendo as coisas dela. Está bem.

– Minha mulher gosta muito da Júlia. Diz que ela é um doce.

Fernando permaneceu em silêncio. Apenas forçou um meio sorriso e tentou se focar nos gráficos e números que dançavam em sua cabeça.

– Estou indo – disse Henrique. – Se mudar de ideia, me avisa – continuou, apagando o cigarro e saindo.

Fernando acendeu outro cigarro sem vontade e olhou absorto algum ponto na parede. Seu estômago revirava só de pensar em ser demitido. Deu uma tragada curta e segurou o cigarro sobre o joelho, observando-o queimar aos poucos. Não queria mais pensar nisso, mas não conseguia criar outros pensamentos mais fortes e consistentes que ocupassem seu lugar. Os conteúdos vagos, como algo que tinha visto na TV, não conseguiam entretê-lo por mais de alguns segundos. Não via sentido em pensar em Júlia, fosse em sua história com ela ou no futuro dos dois. Tentou se concentrar em alguma meta, algo que o motivasse, que proporcionasse aquela alegria instantânea dos bons planos. Mas o único objetivo em que conseguia se concentrar por alguns momentos – elaborar saídas para os problemas de crescimento da empresa, destacando-se dos demais e, em última instância, manter-se empregado – era fonte de angústia e amargor.

Uma imagem arbitrária invadiu suas espaçadas divagações. Estava na escola, jogando futebol com Pedro. Sempre jogavam no intervalo e voltavam vermelhos, suados e felizes para a sala de aula. Pedro estava sempre sorrindo. Queria ser médico. Só falava disso quando se conheceram. Perderam o contato quando entraram na faculdade e hoje não podia nem sequer imaginar como ele estava. Onde morava? Sentia a mesma desesperança murcha de quem não encontra prazer nem mesmo nos seus planos? Ou, pelo contrário, tinha conseguido continuar o mesmo garoto sorridente de sempre?

Deu mais uma tragada no cigarro, respirou fundo e voltou para sua sala, recriminando-se por se entregar à tristeza daquelas recordações sem sentido e se comprometendo a passar o resto do dia trabalhando, sem pensar bobagens.

6.

Sábado de manhã.

O avião pousou na pista do aeroporto de Congonhas. Júlia observou pela janela a neblina que ainda restava no céu. Fazia onze graus em São Paulo.

Quando quase todos os passageiros já haviam descido, pegou sua frasqueira e seguiu automaticamente as pessoas que andavam à frente até às esteiras de bagagem. Assim que viu um telefone, ligou para casa. Ninguém atendeu. Ligou de novo. De longe, avistou sua mala marrom. Olhou para ela como se tentasse ver as gravuras que tinha comprado no bairro La Boca especialmente para Fernando. Uma com um casal dançando tango, outra com uma paisagem urbana, onde se lia "Palermo". Também levava dois potes de doce de leite, um dos doces preferidos dele. Tinha embrulhado os vidros com jornal e guardado no fundo da mala, dobrando várias peças de roupa por cima. Ele não conhecia Buenos Aires. Prefiro ficar em casa, dizia, quando ela sugeria que viajassem. Júlia gostava de conhecer novos lugares. Com o tempo, adaptou-se aos hábitos de Fernando e, àquela altura, pegando sua mala com o auxílio de um funcionário, já tinha se esquecido dos seus. No desembarque, ainda procurou Fernando com os olhos. Consultou as horas no relógio de pulso enquanto caminhava até o táxi. Moema, por favor.

Entrou em casa querendo acreditar que Fernando dormia, mas sabia que ele tinha saído. De fato, os cômodos estavam silenciosamente vazios. Nenhum bilhete, nenhuma luz piscando na secretária eletrônica. Em cima da mesa de centro, uma lata de Coca pela metade e o cinzeiro sujo. Deixou a bagagem no chão e se sentou no sofá. Era inegável que ele estava se afastando cada vez mais.

Se antes Fernando acabava conversando sobre alguma coisa qualquer durante um jantar num restaurante, agora, comia com a TV ligada. Estava sempre cansado demais para comer fora. Se falava com os pais dela quando os visitava, agora não a acompanhava mais a Curitiba. "Não há a menor possibilidade de eu conseguir tempo para viajar, nem mesmo de avião." Se algum dia havia tido interesse pelo dia dela ou por seus planos, não parecia ter mais. Aquele que era um bom ouvinte havia se transformado em um interlocutor distante. E já não era raro que ele sumisse sem dizer para onde ia e a que horas voltava. Não dava explicações, ficava irritado quando ela reclamava. Júlia lembrava até o mês em que as coisas começaram a piorar: julho, treze meses depois da cerimônia.

Ela imaginou que fosse cansaço, esgotamento, mas Fernando foi se enrijecendo até se transformar numa versão bem distorcida daquele homem já não muito aberto que tinha conhecido. Também havia adquirido um ar mulherengo que inexistia quando namoravam: agora, olhava mulheres que passavam na rua e, como ela viria a descobrir depois, começava a ver vídeos pornográficos. Quem era aquele homem que, provavelmente, tinha se esquecido de que a esposa chegaria sábado? O que se passava dentro dele? Júlia enrolou o cabelo num coque e se deitou no sofá. Seus pensamentos, tentando se afastar das dúvidas, tomavam outro rumo. Por que estava sempre insatisfeita? Era o caso de procurar um analista? Todo mundo falava em análise ultimamente. Sua insatisfação andava tão generalizada que mal sabia o que estava lhe causando mal-estar. Talvez estivesse doente, era isso. Talvez fosse estafa mental. Soltou um suspiro fundo e acabou dormindo.

Quando acordou, cerca de meia hora depois, pegou um copo d´água e ficou de pé por alguns instantes, dividida entre mudar de cômodo e ver o que sabia que a machucaria ainda mais ou passar mais um tempo estirada no sofá. Ligou a TV, deitou-se, consultou o relógio, desligou a TV, levantou-se de repente, pegou uma escada na área de serviço, andou até o escritório e abriu o maleiro do armário. Lá em cima, de dentro de uma caixa, tirou algumas fitas VHS, todas sem as capas. Depois de empilhar as fitas pretas em cima da cadeira, estalou todos os dedos das mãos, hábito que nunca teve, e tentou ouvir o barulho de Fernando chegar, sabendo que todos os espaços da casa eram insuportavelmente preenchidos pela ausência de sons.

Agora sentada, com os dedos tremendo, Júlia tentava ler os adesivos das laterais das fitas, mas quase todos tinham sido arrancados e os dois ou três que estavam inteiros não diziam nada. Pensou se enfiaria alguma no videocassete ou se era melhor esquecer o que tinha visto. Ficou diante das fitas sem sentir as costas ou as pernas na cadeira. Percebeu que seus olhos estavam úmidos e as mãos, frias. Sua mente estava vazia quando ouviu a porta da sala se abrindo. Sentiu que duas lágrimas alcançavam sua boca.

Alguns meses antes, havia descoberto o hábito de Fernando de se masturbar em frente à TV. Tinha se deitado antes dele, como quase sempre ocorria. Naquela noite, ela se sentiu rejeitada ao constatar que tinha quase um mês que não faziam sexo. Não que sentisse falta: nunca tinha se masturbado e não se considerava uma pessoa muito sexual. Gostava da intimidade que o sexo trazia, da proximidade que tinha com seu marido nessas horas, mas poderia passar semanas sem pensar no assunto. Naquela noite, porém, ao perceber que ele não a procurava havia quase um mês, ela o procurou, e então ele disse que tinha coisas para fazer. Ela concordou e, cansada, dormiu logo. De madrugada, acordou sobressaltada com o outro lado da cama vazio. Levantou-se com o coração batendo forte, foi até a sala e se surpreendeu com Fernando se tocando perante a TV.

A cena lhe causou repulsa. Por que ele não a desejava mais? Por que preferia resolver sozinho suas necessidades sexuais? Ela se lembrou de quando ouviu sem querer uma conversa de Fernando pelo telefone alguns dias antes. Qualquer coisa sobre uma boate chamada Kilt em que havia garotas e um "andar de cima". Voltou para o quarto sem ser vista, chorando. Procurou por fitas no guarda-roupa dos dois, suspeitou que estivessem no outro cômodo, no maleiro onde ele guardava coisas antigas, mas desistiu de seguir com sua busca. Não comentou nada com Fernando, que a procurou na cama depois de alguns dias, o que fez com que ela se sentisse menos rejeitada e não pensasse mais nisso.

Agora, porém, a história se repetia: não faziam sexo havia semanas. Ela suspeitava que ele estivesse trocando novamente sua companhia pelos vídeos, e sentia vontade de chorar só de pensar nisso. Empilhando as fitas, imaginou que a situação podia ser mais grave do que supunha. Aquela história da boate nunca tinha saído de sua cabeça. E se Fernando a estivesse trocando por outras mulheres também na vida real? Não, ele jamais faria isso. Mas *e se*?

– Júlia? – perguntou Fernando, entrando no escritório. Ela estava sentada, com o olhar inexpressivo e o rosto pálido.

– Por que você não foi me buscar no aeroporto?

– O que essas fitas estão fazendo aí? Você viu alguma? O que você viu?

– Por que você não foi me buscar no aeroporto, Nando? Por que você não me atendeu quando telefonei de Buenos Aires para falar a que horas eu ia chegar? Você sabia que eu chegaria hoje. Eu tinha avisado.

Silêncio.

– Por que você faz assim, Nando? Por que vê essas fitas, me explica, por favor. Onde você consegue esse tipo de coisa?

– Júlia... Eu saí, perdi a hora. Meu Deus, como você complica tudo – ele disse, esfregando as mãos suadas. – Você não tem de ficar mexendo nas minhas coisas. Isso é um absurdo! São coisas minhas, porra! Você assistiu alguma coisa?

– Não assisti, mas sei do que se trata, você acha que eu sou boba? Me explica por que você faz isso. Por que você vê esses vídeos? Não faz sentido para mim.

– Não tem nem o que explicar. É coisa de homem.

– Que coisa de homem é essa? Fala!

– É coisa de homem ver esse tipo de coisa. Todo cara faz isso, você pensa o quê? Que eu sou diferente? Você tem um marido normal, só isso.

– É coisa de homem ver essas coisas e não comer a própria mulher? – ela disse, fazendo força para sua voz sair e alcançando somente um tom muito frágil.

Ele avançou sobre a cadeira e a empurrou com tanta força que Júlia caiu. Do chão, ela o olhou, assustada. Era a primeira vez que ele a agredia daquela forma.

– Isso é jeito de falar com seu marido? Você está estragando tudo. Nós somos um casal normal, apenas isso!

– Eu já me masturbei, Fernando – ela mentiu, se levantando. – Não sou uma boba, pudica, que não entende "coisa de homem". Não é esse o problema, você sabe que não é esse o problema!

Ele deu um soco na parede.

– Tá bom, você não quer que eu use esse termo, coisa de homem. Quer que eu vá direto ao ponto? Quer ouvir a palavra masturbação? Olha sobre o que estamos conversando! Vê se isso é coisa de marido e mulher conversarem. Que amiga sua conversa sobre isso com o marido, me diga? Que mulher invade assim a intimidade do marido?

Ela olhou para baixo, sentindo-se imediatamente culpada. Por que tinha de ter ido atrás das fitas bem naquele dia? Por que não tinha chegado com calma de sua viagem, por que não estava agora lhe mostrando os doces que havia comprado?

– Responde – ela pediu, quase tímida. Já tinha começado a brigar, sua volta estava arruinada. – Por que você vê essas coisas e me ignora quando faço um carinho em você? Eu tento não tocar nesse assunto, mas faz semanas que a gente não faz sexo. Você me ignora, diz que está cansado, que está exausto, mas sozinho você faz. Como é isso?

– São coisas diferentes, porra! Eu não quero falar desse tipo de coisa com a minha mulher, não faz sentido!

Ele tinha o rosto vermelho e o olhar cortante. Ela enxugou os olhos na blusa que usava. Tinha-a comprado na viagem. Lembrou-se das duas gravuras que trouxera para Fernando e constatou que sentia muita raiva de si mesma. Mas uma raiva superficial, porque seu miolo era feito de piedade. Tinha pena de si mesma e do diálogo que se via obrigada a travar.

Agora chorando muito, ela se lembrava dos potes de doces de leite. Um era mais claro e tinha o sabor mais suave, menos açucarado. O outro, um pouco mais escuro, parecia um caramelo. Tinha-os embrulhado tão bem com jornal. Colocou tantas roupas em cima para protegê-los na mala. Sentia cada vez mais pena de si mesma e de toda aquela situação, mas interpretava a pena como raiva e chorava mais e mais, até dar um soco premeditado na mesa da máquina de escrever. Assustou-se com o próprio gesto e foi para a sala em seguida. Fernando também foi. Sentaram-se no sofá e permaneceram mudos por alguns instantes.

– Esse casamento foi um erro – disse ela, depois de algum tempo.

– Foi um erro para você, que não consegue parar de pensar e não consegue parar de me vigiar. Casamento não é intimidade total. A gente não tem de saber tudo um do outro.

– Eu não quero saber tudo de você. Mas, se tem coisas que me incomodam, o que eu faço, então? Fico calada? – ela perguntou, com um fio de voz. – Você mudou. Você sabe que mudou. Era mais carinhoso e presente. Do seu jeito, mas mais carinhoso e presente. Você estava feliz por a gente ter casado. Fazia planos para o futuro. Me procurava mais na cama. E não tinha isso de pornografia, não que eu soubesse.

Ele fez uma pausa.

– Você precisa me aceitar como eu sou, Júlia. As pessoas mudam. Posso estar mais distante nestes últimos tempos, você vê como eu tenho trabalhado. Só ando cansado e preocupado com o trabalho, tem sido um ano difícil. Mas não mereço tanta cobrança por causa disso. Nós temos uma vida normal. E eu aceito você. Eu não fico atrás do que você faz ou deixa de fazer. Eu permito que você tenha sua vida.

Ela olhou para o chão. Ele realmente permitia isso.

– Você me ama?

– Eu te amo, Júlia. Para de perguntar isso toda hora. Você precisa confiar em mim e no meu amor, senão nós nunca seremos felizes.

– Você já me traiu? – ela deixou escapar, com voz baixa, para se arrepender logo depois. Ele se levantou do sofá e ela se encolheu.

– Lá vem você! Para de perguntar essas coisas!

Em flashes passando a toda em sua mente, ela percebeu que não havia como retroceder alguns segundos, que a pergunta já estava feita, que a parte mais difícil já havia sido superada e que, agora, não tinha por que não insistir naquele ponto.

– Você me trai, Nando? Você já foi a uma dessas boates em que as mulheres dançam? – ela perguntou, por fim.

– Boates? De onde você tirou isso?

– Uma vez, no telefone. Eu ouvi você combinando alguma coisa com alguém.

– Eu não traí você, Júlia! Eu nunca faria isso, que saco! Mas veja o que você faz, você fica ouvindo minhas conversas e tirando conclusões malucas. E essas...

– Eu não fico ouvindo as suas conversas.

– E essas boates, elas existem, mas eu não frequento. Que saco.– Ele fez uma pausa. – Essa conversa não faz o menor sentido. Você voltou de viagem, era para estarmos bem, sem preocupações, mas você precisa inventar algum motivo para brigarmos, precisa arranjar alguma confusão, é impressionante.

– Você já foi a uma dessas boates antes de me conhecer?

– Olha a sua pergunta, que coisa mais boba. Presta atenção nas coisas que você está me perguntando, por um minuto.

– Mas você já foi antes de me conhecer, não já?

– Já. Antes de te conhecer, eu já fui.

Ela se deixou cair no sofá. Seu rosto estava branco e sua boca, seca.

– Mas... Você gostava? Por que ia a esses lugares? Você não iria agora, iria?

Sentindo-se pesado e sem fôlego, ele pegou o casaco que estava jogado no sofá, a chave do carro e saiu. Ela não pediu que ele ficasse. Permaneceu imóvel por um tempo e depois se deitou no chão, em posição fetal, onde chorou sobre o tapete até dormir.

Quando acordou, quase uma hora depois, Júlia telefonou para a casa dos pais. Sua mãe comentou que fazia tempo que a filha não a visitava e que sentia a falta dela, o que fez com que Júlia deixasse cair mais uma lágrima, a última do dia, e respondesse que também sentia muita saudade dela e de toda a família. Quando Fátima perguntou por que estava com aquela voz triste, ela respondeu que brigara com Fernando, mas que não havia sido nada de mais. A mãe insistiu para saber os motivos e Júlia, pela segunda vez, comentou sobre os vídeos que a incomodavam. A mãe agiu como da primeira vez: disse que ela era muito insegura, precisava confiar em Fernando, marido nenhum aguenta uma esposa intrometida e os homens são muito diferentes das mulheres. Quando exemplificou com um caso qualquer sobre o pai de Júlia, ocorrido havia muitos anos, Júlia concordou sem ouvir. Conversaram sobre a viagem para Buenos Aires e desligaram com Júlia prometendo ir a Curitiba mais vezes.

Fernando voltou para o apartamento às oito da noite e encontrou Júlia de banho tomado, ouvindo música e folheando uma revista. Ele estava com duas sacolas de supermercado. Do sofá, ela viu a garrafa de um vinho tinto.

– Vou preparar o jantar – disse ela.

– Não, não. Fique quietinha aí que eu vou fazer uma massa para nós dois.

– Você vai fazer aquele molho que eu gosto?

– Aquele mesmo. Depois, vai ter sobremesa.

– Qual é a sobremesa?

– Surpresa.

Ela sorriu.

Ele cozinharia enquanto tudo o que ela precisava fazer era continuar no sofá ouvindo música? Que marido fazia isso?

Jantaram, assistiram a um filme na TV, fizeram sexo no sofá e dormiram abraçados.

A sobremesa era bolo com sorvete, uma das preferidas dela.

7.

Eram dez da manhã quando Carla acordou.

Ela foi até a sala e ligou a tomada do telefone na parede. Tinha alugado uma linha havia três meses, mas ainda não se acostumara com a quantidade de vezes que o aparelho tocava. Os ganhos tinham aumentado, mas ela se sentia exposta. Era indicada para desconhecidos, davam seu número para quem ela nunca tinha ouvido falar. Nada de mais tinha acontecido, mas ficava com medo.

Quando ela estava tomando um copo de leite e comendo um sanduíche, o telefone tocou.

– Alô.

– Oi. É o Fernando.

– Oi, Fernando – ela respondeu com a mesma voz com que tinha atendido.

– Hoje vou estar livre. Pode ser?

– Pode. Aqui em casa...

– Não vou conseguir chegar a tempo, tem de ser lá no meu apartamento.

Carla suspirou. Agora era assim. Na casa dos outros.

– Que hora?

– Meio-dia e meia?

Ela olhou o relógio. Quanto tempo faltava?

– Tá legal.

– Ótimo. Até mais.

– Quer alguma coisa em especial?

– Não.

– Certo. Tchau-tchau.

Ela desligou mais animada. Era alguém que conhecia, alguém previsível, como no início. Lembrava-se bem de como tudo tinha começado: só um cara e um amigo desse cara. Uma diversão, um bico quase inofensivo. Agora, mal ia à faculdade. Alguns dias antes, tinha pensado até em colocar um anúncio no jornal, como as profissionais do ramo. Onde aquilo ia parar? Não era ruim, mas um pouco assustador. Abriu a terceira gaveta do guarda-roupa, de onde tirou uma caixa amarela. Dentre os vários saquinhos de pano, escolheu o que tinha uma fita laranja e o guardou na bolsa.

Saiu do quarto e entrou no banho. Lavou o cabelo e se ensaboou por vários minutos, esquecendo-se de que não dispunha de muito tempo. Não queria gostar dessa vida, mas a preferia a todas as outras. Voltou para o quarto e abriu o guarda-roupa. Do rádio, a voz de Gal Costa a lembrou da mãe. Perguntava-se como ela suportava seus dias. Aos quarenta e seis anos, era bonita, bem conservada. Inteligente, esperta, falava bem. No entanto, contentava-se em continuar casada com o sujeito fraco que era seu pai e em lavar a louça e limpar a casa diariamente. Concluíra o magistério, mas nunca dera aulas. Soubera um dia falar francês, mas esquecera. Havia estado em cidades como Búzios e Ubatuba quando mais jovem, mas mal se lembrava do que vira, da mesma maneira que se esquecera de dar continuidade aos hobbies, amizades e boas recordações. Carla se chateava ao ver a vida daquela mulher passando da mesma maneira por anos. E sem manifestar nenhuma tristeza ou derrota por toda aquela situação: pelo contrário, a mãe estava sempre sorrindo. Aqueles dentes golpeavam Carla profundamente. O que era pior, ter aquela vida ou não se importar por tê-la?

Depois de relutar um pouco e consultar mais uma vez o relógio, acabou escolhendo uma calça e uma blusa florida com um decote discreto. Amassou o cabelo, já quase seco, fez uma maquiagem rápida, passou perfume e enfiou o walkman dentro da bolsa. Uma hora e meia depois, tocava no apartamento 62.

– Esperou muito, gatinho?

– Acabei de chegar – Fernando respondeu, fechando a porta. – Quer tomar alguma coisa?

– Água.

– Vai precisar, mesmo – disse. Ela riu.

– Como está seu tempo hoje?

– Como sempre, curto – disse ele, lhe dando um copo d´água. – No máximo, uma hora.

– Dá para se divertir em uma hora.

– Você faz um homem se divertir mesmo em dez minutos.

– Você sempre levantando meu astral...

– Como se você precisasse disso. Olha os seus peitos aparecendo por baixo dessa blusa.

– Eu escolhi essa porque você gosta.

Ela foi para a varanda, enquanto terminava de beber a água. Fernando sabia que a virada era estratégica, só para que ele observasse sua bunda. Era uma bela bunda. Empinada, grande, mas não a ponto de ser desproporcional. A cintura era fina e as pernas compridas. O cabelo era preto e ondulado. Ela andava de forma graciosa, sempre mascava chiclete e cultivava hábitos infantis, como fazer bolas imensas de chiclete e comer uma caixa de bombons sozinha, mesmo sabendo que passaria mal. Mas, apesar dos hábitos e da pouca idade, vinte e dois anos, tinha cara de mulher. Maquiada e com salto, aparentava ter cerca de trinta anos. Ela odiava quando Fernando fazia esse comentário.

– Para de falar que tenho cara de mais velha, tenho cara de menina. – Não tinha. A pele, o jeito de andar, a postura, a voz e sobretudo o olhar eram de mulher.

Ela se inclinou na sacada. Adorava fazer isso. Ele não sabia se ela gostava de chamar sua atenção para o perigo ou apenas para a sua bunda. Ela se virou para ele, que a puxou para a sala.

– Espera.

– Espera o quê?

Ela pegou a bolsa e foi para o banheiro da suíte. Fechou a porta.

– Por que você já não veio pronta? Que saco – disse ele. Ela não respondeu. Dois minutos depois, ele ouviu a porta do banheiro abrindo e foi para o quarto. Ela estava em cima da cama, com um corpete vermelho e uma calcinha fio-dental. Ela se virou de bruços, sorrindo. Na calcinha, ele viu um pompom.

Ela abriu as pernas. Ele a conduziu para fora da cama e pressionou seus ombros até ela entender que era para se ajoelhar no chão. Só então ela percebeu que ele ainda não estava excitado.

– Anda – ele disse, com os olhos fechados. – Com as mãos.

– Sem gemer – ele a corrigiu depois de alguns segundos. Ela sabia que ele não gostava de gemidos, mas sempre se esquecia.

Dois minutos.

– Com a boca, agora.

Dois minutos. Fim.

Quando ele saiu do banho, ela estava jogada na cama, já vestida, assistindo a um desenho animado na TV. Fernando sabia que ela fazia isso só para parecer mais nova. Ela se deitava de bruços, com as pernas para o alto, e via o desenho, querendo parecer hipnotizada pelas imagens. Mas era forçado.

– Desliga isso.

– Você fica lindo mal-humorado, já te falaram isso? – ela disse, desligando o aparelho. – Seu emburrado. Estava sentindo sua falta.

– Vou sair daqui a dez minutos.

– Quer que eu vá embora?

– Pode me esperar, se quiser. Mas não vou querer mais nada.

– Vem cá.

Ele encaixou a cabeça no colo dela, que começou a lhe fazer um cafuné.

– E a Júlia? Vocês estão bem?

Ele levantou a cabeça bruscamente. Ela o encaixou de volta.

– Detesto quando você fala dela.

– Estou achando você meio grilado, só isso.

– Estou preocupado com outras coisas. Trabalho.

– Do que você quer falar? – ela perguntou, acariciando seu cabelo.

– Sei lá. Fala da sua faculdade.

– Da faculdade... Vejamos... Semana que vem tenho prova do Vinícius, aquele professor que te falei que é um mala. Ah, comprei uma bolsa linda, fez o maior sucesso na faculdade!

– Aposto que, quando você estava com a bolsa, estava vestida com essa blusa que deixa seus peitos aparecendo.

Os dois riram. Como ele é safado, ela pensou. Gostava de homens assim. E era tão bonito e descomplicado. Ao receber o dinheiro, ela perguntou se estavam marcados na próxima segunda-feira. Ele disse que, quando desse, ligaria. Fernando sempre se despedia despretensiosamente, como se voltar a telefonar para ela fosse um acaso, um incidente no decorrer dos seus dias. Mas nunca passou muito tempo sem procurá-la, desde a primeira vez, havia cerca de um ano. Às vezes, ficava sem dar notícias por duas, três ou até mesmo quatro semanas. Mas sempre aparecia.

8.

Júlia entrou no restaurante Hasche, na rua Pamplona. Eram sete e quinze da noite. Olhou para os lados e quase tropeçou quando ouviu um "Ei". Era Bruno, sentado duas cadeiras atrás dela.

– Não tinha visto você.

Beijaram-se no rosto e se sentaram de frente um para o outro. Ele tomava um gin tônica. Ela pediu um suco de laranja e acendeu um cigarro.

– Nunca vi você fumando.

– Já tem um ano. Mas só quando estou nervosa.

– Você fica charmosa fumando.

– Para, por favor.

Ela deu algumas tragadas em silêncio, bebeu um gole do suco que o garçom acabava de deixar na mesa e olhou pela janela sem prestar atenção em nada.

– Você andou chorando, Ju?

– Dá para perceber?

– Por que você chorou?

– Nem sei mais.

– Por que você me chamou para jantar?

– Você é meu amigo.

– Eu não sou exatamente um amigo. Não tenho amiga mulher, não existe isso, você sabe.

– Não sei de nada.

Ela deu uma tragada profunda. Ele não era bonito. Tinha olhos verdes, cabelos castanhos, lisos e cheios, mas algo não encaixava ali. Talvez fossem os dentes amarelados ou a pele com marcas da adolescência. Mas a voz era agradável, pontual e correta, e ele gesticulava de maneira precisa e na hora certa. Nunca tinha tido problema para conseguir mulheres, uma ex-namorada passava esporadicamente a noite em sua casa e, apesar do que dissera, colecionava amigas. Haviam se conhecido na faculdade e costumavam sair para conversar naquela época, mas nunca tinha passado disso. Ela ainda costumava telefonar para ele, geralmente pedindo alguma opinião, mas nunca com Fernando em casa. Se ele chegava, ela começava a gaguejar, dava uma desculpa qualquer e desligava. Depois de casada, era a primeira vez que os dois conversavam pessoalmente.

– Meu casamento está em crise – ela disse, por fim.

– Seu casamento está em crise desde que você casou.

– Você me acha bonita? Fala a verdade.

– Você é linda, Júlia. Você sabe disso.

– Não, não sei. O Fernando nunca me elogia.

– O Fernando é um mala.

– Não fala assim dele.

– Mas ele é. Você se casou com o cara mais babaca que poderia ter encontrado.

Ela mal apagou o cigarro no cinzeiro e acendeu outro.

– Eu não deveria ter vindo aqui, Bruno. Me sinto mal ouvindo você dizer essas coisas.

– Eu estava com saudade de ver você.

– Eu também, fazia tanto tempo que a gente não se encontrava. Mas estou me sentindo estranha. Como se eu estivesse traindo o Fernando.

– Traindo o Fernando! Nem um beijo, você nunca me deixou dar em você. E não foi por falta de tentativa da minha parte.

Ele pegou uma mão dela. Ela não se afastou. Seus olhos estavam úmidos.

– Ju, não chora. Eu faço essas brincadeiras, mas você sabe como gosto de você. Quero seu bem. Se você está infeliz, por que não dá um fim nesse casamento?

– Como se fosse fácil.

– Eu não disse que é fácil.

– É tudo muito difícil, Bruno.

– O que você está me dizendo? Que só tenta alguma coisa se for fácil? Você não está em busca de soluções. Você me procurou só para desabafar, para se sentir aliviada. Quer falar o que tem para falar, chorar o que tem de chorar e voltar para casa sem ter resolvido nada.

Ela suspirou.

– Ele não me dá a menor atenção. Não se importa em saber onde estou, não quer saber o que faço, não se interessa como foi meu dia no trabalho. Ele não está nem aí. E está só piorando. Acho até que ele já me traiu.

– Por que você acha isso?

– Não sei, algo me diz, ele já me traiu.

– Não acho que ele traia você. Conheço o Fernando. Ele é careta demais para esse tipo de coisa. Só pensa em ganhar dinheiro. O que ele faz de errado é não dar valor a uma mulher como você. É nesse ponto que ele é um babaca.

– Como é uma mulher como eu?

– Bonita, meiga, inteligente. Qualquer homem gostaria de estar ao seu lado.

– Você gostaria de me ter ao seu lado?

Ele passou as mãos no rosto dela e se aproximou para beijá-la. Ela chegou a sentir os lábios dele nos seus e recuou em seguida.

– Ju...

Ela pegou a bolsa, trêmula, levantou-se e saiu andando. Ele foi atrás.

– Eu sou uma tonta. Acho que estou ficando doida. Não me segue, por favor, eu sou uma doida.

– Para de falar isso, você não é doida.

Ela saiu do restaurante e entrou no carro. Ele permaneceu de pé, na porta, vendo o Monza sair.

– Eu sou burra – ela repetiria alguns minutos mais tarde para a amiga Edna, pelo telefone. Mas não quis explicar por quê.

No mês seguinte, Júlia faria as malas e sairia de casa.

9.

Sexta-feira, oito da noite. O Voyage cinza estacionou na rua Haddock Lobo.

Pessoas rindo, barulho, garçons anotando os pedidos. Fernando olhou rapidamente as mesas. Nada. Sentou-se, pediu uma cerveja e observou o movimento, tentando se desviar dos pensamentos insistentes que se agitavam em sua mente.

Não tinha planejado aquela noite. Sentia todo o cansaço da semana se acumulando em suas costas e só queria chegar ao apartamento, tomar banho, ver o que estava passando na TV. Mas, no dia anterior, à tarde, Henrique tinha avisado na escadaria do escritório que queria conversar.

– Conversar o quê? – ele perguntou já contrariado.

– Conversar.

– Fala aqui o que você tem para falar, então.

– Aqui, não.

– Fala por telefone.

– Não, por telefone não.

– Fala o que é, porra.

– Amanhã, no Padilha, na Haddock Lobo. Fala para a Júlia que é só uma cervejinha com os colegas de trabalho.

– Não precisa me ensinar o que eu falo ou deixo de falar para a Júlia.

– Quero ver essa segurança toda amanhã. Eu me fodi, mas você vai se foder comigo.

Fernando olhou para Henrique. Não sabia se ele estava com raiva, triste ou nem uma coisa, nem outra. Não era fácil ver o que se passava dentro de Henrique. Tinha acabado de fazer trinta anos, mas, por causa do cabelo grisalho e da barba, parecia ter mais. Os olhos estavam sempre muito sérios, e ele costumava piscar com força ou estalar os dedos enquanto falava. O que queria, afinal? Ultimamente, só conversavam no escritório. Por que aquele convite agora, feito num tom de voz grave?

– Vou tentar ir amanhã.

– Não vou ficar insistindo, se você não for é problema seu. Se eu fosse você, iria.

Ele saiu da escadaria. Fernando continuou lá, fumando mais um cigarro e tentando imaginar o que Henrique queria. Ele sabia de alguma coisa? Tinha tido acesso a alguma informação sigilosa? Salários? Demissão? Suspirou, olhou pela janela e tentou se concentrar nas tarefas do dia. Era o que estava fazendo antes de ele entrar e começar toda aquela conversa.

No dia seguinte, Fernando não se lembrou do diálogo até ver Henrique saindo do banheiro com os olhos vermelhos. Não era comum alguém chorar no escritório. Tinha visto uma secretária chorando, havia alguns meses, mas era uma mulher. E, em todo caso, não queria perder tempo especulando. Mas era inegável que Henrique tentava se recompor depois de algumas lágrimas. Que diabos, ele estava se separando e queria desabafar? Estava na cara que não se importava muito com a mulher, mas os dois filhos pequenos eram o amor de sua vida. "Mas o que eu tenho a ver com isso?" pensou, sentindo algo próximo a um desconforto. Sua quase angústia não durou muito. Muito mais por preocupação com si mesmo do que com Henrique e até mesmo por certa curiosidade amarga, decidiu que iria sim ao bar e que, até a noite, não pensaria mais nisso. Foi até a sala de Henrique, confirmou a cerveja e voltou a se concentrar no trabalho.

Depois de dez minutos de espera, Henrique chegou. Cumprimentaram-se com um aperto de mão, ele se sentou e pediu uma cerveja. Fernando notou de imediato sua aparência abatida, mas não comentou nada.

– Bem, o que você queria me falar? – ele perguntou após ouvir dois ou três comentários sobre o trabalho. – Queria dormir cedo, hoje. Não posso demorar.

– Espera – ele respondeu. Sentindo que a impaciência de Fernando crescia com aquele silêncio, introduziu mais um assunto sobre o trabalho. Comentou sobre a reunião que tiveram à tarde e disse que estava mais confiante nos rumos da empresa no Brasil e que esperava ansioso pelos próximos relatórios de vendas. A breve descontração que havia tomado conta do rosto de Fernando nos minutos iniciais da conversa sobre trabalho sumiu. Se estava tudo caminhando bem, se as perspectivas eram boas, não havia motivo para aquela conversa fora da empresa. Mas ele não perdeu tempo imaginando hipóteses. Não era a hora de quem não gostava de devaneios acender a imaginação. Às vezes, situações hipotéticas passavam pela sua cabeça, mas nunca muitas vezes. Não eram concretas. Eram perda de tempo. Mesmo suas preocupações custavam a transpor a barreira que lhes dava acesso à sua consciência. Vibravam num sono inquieto e tinham dificuldade para escapar. Apenas angústias pontuais e singulares saíam com facilidade. Um relatório difícil que precisava entregar à tarde. Uma reunião importante. Uma conversa de corredor sobre um possível corte. As angústias mais generalizadas e dolorosas dormiam antes mesmo de serem moldadas por palavras. Às vezes, conseguiam cutucá-lo, pedindo liberdade. Mas, na maior parte do tempo, fechavam os olhos e se entregavam a um sono profundo.

Permaneceram calados por algum tempo. Um garçom equilibrando uma bandeja com várias canecas de chope. Um grupo de amigos rindo e conversando alto. Um casal de mãos dadas, à margem da movimentação.

– Não vou conseguir falar – disse Henrique, por fim.

– Isso é uma brincadeira? Você me chama aqui para não falar nada? Fala logo.

– Não vou conseguir...– ele disse. – Estou com vergonha. É terrível, isso.

Fernando suspeitou que estivesse sendo observado por duas mulheres a alguns metros de distância. O que elas estariam pensando? Que ele e Henrique eram um casal de namoradinhos? Sentiu vontade de sumir dali.

– Tem a ver comigo? – perguntou, por fim.

– É claro, senão por que eu teria te chamado para vir aqui?

– Sei lá, para desabafar. Fala logo, que merda!

– Não preciso desabafar com ninguém, muito menos com você, Fernando. Desde quando a gente é amigo, aliás?

Fernando começava a se sentir cada vez mais tenso. O que ele queria, afinal? Suas preocupações mais profundas tentavam desesperadamente emergir.

– Preciso ir – disse, jogando uma nota de quinhentos sobre a mesa.

– Espera, eu vou conseguir falar, espera.

Ele se levantou, pálido.

– Você vai falar ou não, cara?

– Eu vou, mas não agora, preciso de tempo, talvez mais algumas cervejas.

Ele saiu do bar e entrou no carro.

Fernando abriu a porta do apartamento e jogou a chave em cima da mesa.

– Já? – perguntou Júlia.

– Já, estou cansado.

– Que cervejinha mais fajuta. Bom que agora tenho você para mim... – ela disse, abraçando-o. Havia decidido, após o encontro com Bruno, dar mais carinho ao marido. Era intolerante, às vezes. Mimada. Queria tudo do seu jeito. De agora em diante, tentaria não agir mais daquela forma. Além disso, sentia-se mal por ter beijado outro homem. Um beijo passivo, submisso e preguiçoso, mas, ainda assim, um beijo – os lábios tinham se encostado, não? Fazia força para apagar essa memória, mas sabia que isso levaria algum tempo. Enquanto isso, seria a melhor esposa do mundo.

Ele lhe deu um beijo no rosto e começou a desabotoar a camisa.

– Vou tomar um banho.

– Tá legal. Enquanto isso, vou preparar alguma coisa para a gente comer.

– Não precisa. Vou comer um sanduíche e fazer algumas coisas que tenho que fazer.

– Eu sei que não precisa, mas eu quero. Quando voltar do banho, terá uma mesa posta te esperando.

Ele não disse nada e foi para o quarto. Tomou um longo banho, passou algum tempo examinando a pele do rosto no espelho e voltou para a sala. Na mesa, macarrão com atum. Ele se sentou, abriu o vinho e serviu as duas taças.

– Como foi seu dia, Nando?

– Trabalhei.

– Conta alguma coisa interessante que aconteceu no seu trabalho.

– Não aconteceu nada de mais. Não quero falar de trabalho. Me conta você do seu dia.

Ela contou, tentando parecer entusiasmada, sobre o novo programa de treinamento em que estava trabalhando. Era a oportunidade de reler alguns autores de que gostava na faculdade, passar semanas com a mente ocupada em novas ideias, tentar inovar a relação funcionário/empresa com menos formalidade e um diálogo mais aberto. Desenvolver projetos assim era o tipo da coisa que a motivava. Ou, pelo menos, já tinha motivado. Ultimamente, precisava se esforçar um pouco para manter seu interesse em assuntos que já haviam sido interessantes.

Fernando a ouvia sem pronunciar uma palavra, quando o telefone tocou.

– Quem será a essa hora? Que falta de educação – disse Júlia.

Ele se levantou e atendeu a ligação. Nenhuma voz do outro lado.

Júlia voltou a falar sobre trabalho. Depois de comerem, ela lavou a louça rapidamente, ligou a TV e chamou Fernando para o sofá. No meio do filme, ela o beijou e acariciou seu peito por baixo da camiseta, jogando uma perna por cima das dele.

– Estou cansado, Júlia.

– Certo. Não tem problema.

Ela o beijou mais um pouco, deitou a cabeça em seu ombro e acabou dormindo. Ele mudou de canal e começou a ver uma luta de boxe. Pouco antes da meia-noite, ela acordou e foi para a cama. Ele continuou na sala vendo TV, quando o telefone tocou de novo. Henrique.

– Porra, Henrique. Fala.

Um minuto.

– Não estou entendendo. Não tenho nada a ver com isso.

Três minutos.

– Eu lamento por você. Lamento. Você tem certeza? Veja se tem certeza. De qualquer forma, não entendo por que você quis me colocar no meio disso. Vai dormir. Você precisa descansar. Tá legal. Sim, sim. Segunda a gente se fala.

Despediu-se e desligou o telefone. Sentou-se no sofá, trêmulo, e ficou olhando a TV. Levou algum tempo até perceber que só havia a barra de cores. Desligou o aparelho, foi para o quarto e se deitou na cama. Júlia dormia, respirando alto. Olhou para ela e pensou em acordá-la, sem saber muito bem por quê, mas não o fez. Em vez disso, cobriu-se, apesar de não sentir frio, e se esforçou para esquecer o telefonema.

Ele não dormiu nem por um instante.

10.

Na sala de espera de um consultório ginecológico na avenida Angélica.

Júlia folheava uma revista enquanto aguardava sua vez. Consultou o relógio. Levantou-se e pegou um copo d´água. Não se sentia confortável com o fato de demorar-se na hora do almoço, mas, naquele dia, era inevitável. Sua chefe entenderia. Olhou para o relógio mais uma vez. Dez para uma da tarde. Era uma sorte ter conseguido uma consulta de última hora com a dra. Elisabeth.

Quando teria acontecido? Não sabia. Desconfiava, mas não tinha certeza. No mês anterior, talvez. Passou algum tempo pensando nisso, mesmo sabendo que não teria a resposta. Entre as imagens da revista e as do pensamento, consultou mais uma vez o relógio.

– Júlia Motta? A dra. Elisabeth está esperando você na sala dela.

Levantou-se, sentindo imediatamente a pressão baixa, a ponto de quase ter de se sentar de novo. Mas respirou fundo duas vezes e entrou no consultório. Cumprimentou a médica, conversaram por alguns minutos, respondeu a uma ou outra pergunta e saiu com alguns papéis.

Voltou para o trabalho e tentou se concentrar em suas tarefas, mas não conseguiu. Distraída, conversava com os colegas ou tomava mais uma xícara de café. Sentia-se alegre, mas, ao mesmo tempo, percebia a invasão de uma sensação ruim em sua felicidade. Tentava definir o invasor. Qualificá-lo. Era um medo estranho, direcionado a um objeto que não lhe era claro. Um sentimento incômodo, insistente, que nublava aquela alegria, tentando desviar a atenção dela e sugando o foco para si. E, então, quando Júlia fazia força para se deixar levar pelas boas perspectivas e até mesmo sonhos, tombava novamente nesse sentimento, que agora tomava a forma de uma bola de amargura em sua mente.

No fim da tarde, ela decidiu que não tentaria mais analisar suas emoções, que toda aquela sensação não passava de apego ao passado e medo do futuro, que não valia a pena pensar em coisas ruins e que, se continuasse preocupada com alguma coisa que nem sabia o que era, acabaria estragando tudo.

Assim, foi ao banheiro, lavou o rosto, respirou fundo e sorriu: queria aproveitar cada momento daquela vida nova que se abria à sua frente. Sem preocupações. Sem negativismo. Fingiu tão bem para si mesma que estava tudo bem que, quando chegou em casa, à noite, estava verdadeiramente bem.

Não comentou nada com Fernando. Preferiu não falar sobre a consulta e não mencionou as sensações ruins porque já as tinha esquecido.

Foi dormir pensativa. Fazia só três dias que voltara para casa. Olhou o marido, que dormia ao seu lado. Como ela tinha conseguido ir embora e como tinha conseguido voltar? Aquela fora a primeira vez que uma ameaça de sair de casa tinha se consumado, mesmo que por pouco tempo. Ela avisou que faria as malas, fez as malas de fato e saiu. Qual é o limite entre se sentir infeliz em uma situação e tomar alguma atitude? Era evidente que era uma pessoa adaptável, e parece que tinha se adaptado inclusive à dor. Lutar para fugir do sofrimento pode se tornar um sofrimento ainda maior do que aquele que já se transformou em hábito, ela pensou. Acordou no meio da noite e tomou um copo d´água. Qual é o limite entre problemas intrínsecos a casamentos em geral e problemas específicos daquele casamento em particular? Como saber se a solução desses problemas dependia de si mesma ou se eram insolúveis?

Quando comunicou a Fernando que estava indo embora, ela se sentiu cheia de coragem e mágoa. Uma mágoa tão profunda e antiga que nem sabia mais o que a causara. Uma coragem tão nova e ameaçadora que a assustava. Foi durante uma discussão. Eram onze da noite de uma quarta-feira e ele ainda não havia chegado. Após ter jantado sozinha, ela pretendia ver TV até que ele voltasse, mas acabou abrindo o maleiro e pegando a caixa com as fitas. Não havia sido um ato premeditado – estava mais para uma rendição passageira a pensamentos que, por algum motivo, despertavam rapidamente de um estado de sonolência e giravam em sua cabeça implorando para não serem ignorados. Clamando para serem ouvidos. Exigindo de sua proprietária alguma ação.

De repente, ela devolveu a caixa ao maleiro, pegou a bolsa e foi para a garagem, ainda meio zonza. Seu coração batia acelerado. Entrou no carro e deu a partida, torcendo inconscientemente para que, ao sair do prédio, encontrasse Fernando chegando do trabalho e acabasse subindo com ele, depois de dar uma desculpa qualquer. Não o encontrou e continuou dirigindo.

O coração pulando.

Depois de pedir informação a um taxista, chegou à região da rua Augusta e seguiu em direção à praça Roosevelt. Perdeu-se, quase de propósito. Quando se encontrou, pensou em desistir, mas já era tarde. Estacionou na rua Nestor Pestana, impressionada com o movimento.

Era uma construção imponente e de bom gosto. Na frente do casarão branco, havia uma grande placa luminosa onde se lia "Kilt shows". Algumas mulheres aguardavam na entrada, mas havia muito mais homens.

Ela saiu do carro.

– Você está acompanhada, senhora? – o porteiro perguntou quando ela tentou entrar.

– É para uma reportagem que estou escrevendo.

– Uma reportagem? Mas você falou com alguém daqui antes?

– Não, mas...

– Negativo.

Ela recuou. Por que havia inventado aquilo sobre a reportagem em vez de tentar entrar normalmente? Em todo caso, sentia-se aliviada. Observou mais uma vez o lugar e voltou para o carro. Um Gol se aproximava. O motorista, um homem grisalho, entrou na casa. Ela olhou. O que se passava na cabeça dele? Sempre ia lá ou era a primeira vez? O que ele fazia quando entrava? Sempre a mesma mulher? Variava? Havia mesmo como fazer sexo com uma mulher lá dentro ou elas só dançavam? Havia shows de striptease? Havia quem ia só para beber e conversar com os amigos?

Deu a partida, imersa em perguntas.

Quando entrou em casa, Fernando estava no banho. Ela olhou em cima da mesa. Sem saber o que procurava, vasculhou os bolsos do paletó. Não encontrando nada, abriu a pasta de couro.

Sentou-se no sofá, com as mãos tremendo. Pensou em pegar um copo d'água, mas desistiu. Pensou em pensar alguma coisa, mas não conseguia se concentrar em nenhuma ideia que durasse mais do que alguns segundos. Seu interior e exterior pareciam rodar e, sentada, ela procurava inutilmente algum ponto de apoio. Era assim que ela estava quando Fernando surgiu na sala, de toalha: sentada, imóvel, com os olhos secos e brilhantes.

– Eu sei que você já foi na Kilt – ela disse, sem olhar para os olhos dele.

– O quê?

– Eu sei que você foi na Kilt, eu ouvi você falando o nome desse lugar aquele dia –ela repetiu, quase com medo. – Eu sei que eu ouvi.

– De novo essa história? Ei, você mexeu nas minhas coisas? – ele perguntou, virando-se para a mesa. – Eu não mexo nas suas coisas, por que você faz isso?

Ela começou a chorar.

– Por que você faz isso comigo, Fernando? Eu mexi nas suas coisas porque não confio em você, não sei o que você faz fora de casa, não conheço ninguém que trabalha até a hora que você trabalha.

– Você pensa o quê, que eu minto para você, que eu não vou ao trabalho e fico indo a boates?

– Eu ouvi, Fernando! Nesse dia em que você combinou essa boate com não sei quem, eu ouvi. Me explica como você vai a um lugar desses sem falar comigo, sem que eu saiba de nada!

Silêncio.

– Que ideia você faz dessa boate? – ele perguntou, andando pela sala.

– Sei lá – ela respondeu, em um fio de voz que saiu após se desvencilhar, com dificuldade, da água que caía dos olhos e do nariz. Suas mãos tremiam e a sensação que ela tinha era de que suas pálpebras estavam se desmanchando. O coração batia com uma força que chegava a doer e tudo ao seu redor parecia mole, fluido. As paredes. A TV. O sofá. Os quadros. Fernando.

– Que ideia você faz dessa boate, Júlia? Responde.

– Eu não sei! Eu não vou a esses lugares, eu não sei como funciona!

– Se você nem sabe como funciona, por que está chorando tanto? Por que está fazendo esse escândalo? É um monte de mulher dançando de biquíni. É só isso.

– Não é só isso!

Ele tirou o telefone do gancho.

– Liga para lá. Anda, eu tenho o número, liga para lá! Liga e pergunta se as meninas dançam ou se fazem sexo com os clientes. Anda!

Ela pegou o telefone, mas não discou. Permaneceu de pé com o aparelho no colo, olhando para o seu redor amorfo.

– Elas são bonitas? São – ele disse. – Usam pouca roupa? Usam. Mas é só isso. Elas dançam para quem teve um dia difícil.

Fui lá duas vezes na vida, sendo uma para fechar um negócio. Duas vezes!

Ela se levantou, sem forças, foi até o quarto, abriu o armário e pegou algumas roupas. Enquanto colocava as peças numa mala, olhava para a porta e ouvia o silêncio, pensando onde Fernando estava. Ele não foi ao quarto. Ela pegou um ou outro pote no banheiro, fechou o zíper e caminhou até a porta.

– Para onde você vai?

– Não sei.

– Não sei! Não sei! Você acha que as coisas são assim? Para onde você vai?

– Eu não sei, mas eu não quero mais ficar aqui nesta casa! – ela gritou, chorando. – Tudo o que consigo com essas discussões é ficar mais confusa, porque não posso acreditar no que você fala, mas também não sei no que acreditar. Você vai acabar me enlouquecendo.

– Você está fazendo besteira. Está acabando com nosso casamento por causa de uma bobagem. Você quer que eu pare de ir a boates, qualquer uma que seja? Eu paro. Pronto, está resolvido. Se você resolver sair por essa porta, a decisão é sua, mas não vai voltar mais, escutou?

Júlia abriu a porta, pegou o elevador e entrou no carro. Ficou imóvel por alguns minutos, tentando colocar os pensamentos e o mundo material à sua volta no lugar. Encaixar peça por peça. Figura por figura. Respirou fundo, passou as mãos no rosto, olhou para o elevador, tentou ouvir algum som, deu a partida e saiu. Não, ele não vinha mesmo.

Dirigiu por alguns minutos a esmo. Parou para telefonar para casa, mas desistiu e apenas consultou as horas. Uma da manhã. Estacionou na esquina entre a avenida Dr. Arnaldo e a rua

Cardeal Arcoverde. Tentou, mais uma vez, organizar os pensamentos. Pegou a Teodoro Sampaio, virou na Oscar Freire, entrou na Rebouças, depois na Paulista, parou no farol verde, o carro de trás buzinou, voltou a dirigir. Estacionou, pegou a agenda de telefones dentro da bolsa e ligou para Joana de um orelhão.

– Júlia?

– Joana, eu saí de casa.

– Ju, são duas da manhã! Onde você está? O que aconteceu?

– Eu saí de casa, Joana, eu saí.

– Nossa, que mal, hein! O que aconteceu, vocês brigaram? Vocês discutiram?

– A gente terminou. Nosso casamento acabou.

– Não esquenta, Ju, foi só uma briga. Você sabe como o Fernando trabalha, ele devia estar cansado, brigou por brigar, não foi nada grave.

– Não foi ele que terminou, fui eu – disse, chorando compulsivamente. – Fui eu, não sei como, mas fui eu.

– Mas por que você fez isso? Não estou entendendo nada. Por que você terminou seu casamento? Vocês se adoram, vocês são o casal mais feliz que eu conheço!

– A gente não é feliz. A gente... O Fernando... Ele vê filmes pornográficos, vai nessas boates com mulheres dançando, vai numa tal de Kilt...

– Calma! Até eu já fui a boates assim. Uma despedida de solteira na Kilt.

– Não é só isso, ele é muito estranho, fica mais estranho a cada dia.

– Você está pensando em se separar de um homem como o Fernando porque ele foi relaxar vendo mulheres dançando? E porque ele anda *estranho*? Pelo amor de Deus, Júlia. Pensa bem. É uma coisa que não tem jeito, homem é assim mesmo. O melhor que você faz é fingir que não sabe de nada.

– Mas não é só isso... Eu não sei explicar direito o que é.

Silêncio. Júlia mal conseguia pensar, quanto mais transformar seus pensamentos em palavras.

– Júlia, pensa bem. Veja o que você está fazendo, raciocina. Tenta ser razoável. Olha, não sei como está sua vida, faz tempo que a gente não se fala. Mas sua voz parece muito cansada. Vai passar, conversa direito com o Fernando, vai ver foi um mal-entendido. Casamento é assim mesmo.

– É, pode ser... sei lá – disse. – Estou muito confusa. Acho que sou uma pessoa perdida. Não tem jeito. Sempre fui perdida, sempre vou ser assim. Não sei o que eu quero, não sei o que faço...

– Tenta esfriar a cabeça. Volta pra casa. Minha mãe sempre fala que amanhã vai ser um novo dia. Não é ótima essa frase? Pensa nisso: amanhã vai ser um novo dia.

Júlia concordou, agradeceu e se despediu, tentando controlar o choro. Voltou para o carro e se olhou no espelho: estava com o rosto inchado, os olhos vermelhos e a franja do cabelo colada à testa. Por alguns minutos, ficou observando aquela personificação da tristeza à sua frente. Era confortável observar aquela imagem. Dava contorno aos seus sentimentos, tão dispersos e nebulosos. Passou as mãos no rosto, prendeu o cabelo em um coque malfeito que se soltaria alguns segundos depois e voltou a dirigir, desta vez rumo ao Itaim Bibi. Entrou na avenida Pedroso Alvarenga, viu a placa de um hotel, entregou o veículo a um funcionário, pediu um quarto, subiu e deixou-se cair na cama enorme, exausta.

No outro dia, fez o check-out, tomou café da manhã e foi para o trabalho. À noite, dormiu na casa de Joana, visivelmente incomodada com a hóspede inesperada. No dia seguinte, voltou para casa.

Quando entrou na sala, perguntou a Fernando, que fumava na varanda:

– Você me aceita de volta?

Ele apagou o cigarro e lhe deu um abraço.

– Eu te amo, Júlia. Por que você complica tudo? Fiquei preocupado com você.

– Por que você não me procurou?

– Ué, eu ia sair pela rua sem rumo? Eu mal dormi ontem.

– Você mal dormiu ontem?

– Eu não dormi nada.

– Nossa... É verdade, mesmo?

– Ora, é claro! Eu não fazia ideia de onde você estava! Vem cá, para com isso. Fiquei chateado com sua atitude de sair de casa. Vamos resolver nossos problemas. Você aproveitou esse período para pensar um pouco?

– Você sempre fala que eu penso demais.

– Tá vendo? Você fica analisando minhas frases. Para de pensar tanto.

Ela tirou o casaco.

– Eu senti sua falta, Júlia. Eu não quero ficar sem você. Fico mal quando a gente briga.

– Você jura que sentiu saudades?

– Senti, de verdade. Pensei que você não fosse voltar.

– Ainda bem que você tinha esse medo. Porque era possível, mesmo, que eu nunca mais voltasse – ela disse, dando uma entonação grave à sua voz. – Mas eu senti sua falta, Fernando

– rendeu-se, após uma breve pausa. – Foi horrível dormir sem você, eu sofri tanto.

Ele a abraçou.

– Eu também sofri muito. Vamos parar de brigar, Júlia.

– Você promete que nunca mais vai a um lugar desses?

Ele se soltou de seus braços.

– Prometo.

– Promete olhando nos meus olhos.

– Já prometi, está prometido. E eu só fui três vezes, não é como um vício, e faz tempo que fui pela última vez.

Ela se sentou no sofá. Não eram duas vezes?

– Nunca mais, Ju, está prometido.

– Fico tão feliz por resolvermos isso.

– Pronto, a questão está solucionada, não vamos mais tocar nesse assunto.

Eles se beijaram e foram para o quarto. Ela deitou a cabeça no ombro dele e dormiu. De manhã, ele acordou mais cedo, foi à padaria e preparou uma bandeja com leite, suco, pão, manteiga e geleia. Ela adorava geleia. Ele deu um beijo em seu rosto e serviu o café na cama. Ela tomou apenas um copo d´água, sorriu e abaixou a cabeça, querendo dar a entender que não, ainda não estava tudo bem, e que ele ainda tinha um longo caminho pela frente até reconquistar a confiança dela.

Mas estava tudo bem.

Júlia se despediu de Fernando com um beijo e foi ao laboratório. Com o exame feito, tomou um café, comeu algumas bolachas e foi trabalhar. Mal conseguia se focar em seus afazeres, concentrada no dia do resultado. Passou os dias e as noites permitindo à sua imaginação que criasse as situações mais felizes. Nem dormia direito.

Dali a dois dias, ela saiu do laboratório com um envelope nas mãos. Queria abri-lo junto com Fernando, mas não se conteve. Assim que entrou no carro, viu o resultado. Estava grávida.

À noite, comemoraram com música e champanhe – ela tomou metade da taça, já que, agora, deveria evitar bebidas alcoólicas, como Fernando lembrou.

11.

Henrique abriu a porta que dava para a escadaria.

Não tinha vontade de fumar. Queria apenas olhar a vista do nono andar e pensar um pouco. Ou, com alguma sorte, apenas olhar a vista. Mas não conseguia. Tentava inutilmente desviar o pessimismo e a mágoa de sua mente. A culpa era de quem? Abriu o maço e pegou um cigarro, sem saber por quê. Fazia dois dias que não chorava. Tentava agir normalmente. Entrava em casa, brincava com os filhos, cumprimentava a mulher. Mas, em algum momento, teria de conversar com ela. Quando e como, não sabia.

– Olha quem chegou – disse, ao ver Fernando abrindo a porta. Ele o cumprimentou com a cabeça, pegou um cigarro e se encostou ao corrimão.

– Você tomou alguma atitude? – Henrique perguntou.

– Em relação a quê?

– Você sabe em relação a quê.

– Não, não sei.

– Bom, se você quer fingir que nada está acontecendo, é problema seu. Mas, pelo telefone, deu para notar que você ficou nervoso.

Silêncio. Fernando fumava olhando para a porta, como se esperasse alguém. Com o canto do olho, observou como

Henrique estava magro. Repreendeu o pensamento e voltou sua atenção ao cigarro. Bobagem, Henrique sempre havia sido magro.

– Você se ferrou e fica dando uma de bom – disse Henrique.

Fernando se virou e o empurrou contra a parede.

– Cala a boca. Para de falar que eu me ferrei.

– Me solta! Ficou louco, cara?

– Acabo com você aqui mesmo se continuar insistindo nessa história. Estou falando sério.

– Me solta – ele disse em voz alta, antes de constatar que alguém poderia ouvi-los do lado de fora da escada.

– Se eu me ferrar, eu mato você.

– A culpa disso tudo foi sua, seu filho da puta! – disse Henrique, agora se esforçando para controlar o volume da voz. – Mas estou pouco me fodendo pra isso, eu só quero que você tenha se ferrado!

Fernando o soltou. Seu rosto estava cheio de ódio.

– Você é um babaca – disse Henrique, ajeitando a camisa e abrindo a porta. – Você é um babaca sem igual. Age como se não tivesse nada a ver com isso. Você tem esse arzinho de superior para se defender, porque, no fundo, não passa de um idiota.

Fernando recuou até a parede, pálido. Henrique estava mesmo mais magro. E tinha reparado nos olhos fundos ao empurrá-lo, não era sua imaginação. Diabos, por que tinha encostado nele? Devia manter distância. O ar circulava bem ali na escadaria? Passou algum tempo fumando e contemplando os próprios pulsos. Suas veias eram de um azul bem claro e estavam saltadas. Apagou o cigarro e, de repente, deu um chute na parede, abaixo do corrimão. Quando voltou para sua sala, olhou para os lados: dois colegas cochichavam no corredor. Fez o trabalho que tinha de fazer e não pronunciou nem uma frase com mais de cinco palavras até o fim do dia.

Quando chegou ao apartamento, Júlia já estava dormindo. Em cima da mesa, duas sacolas de uma loja de roupas de bebê com um bilhete: "Diga o que achou!". Pegou o papel e fixou o olhar nele por quase um minuto, sem pensar em nada. Largou-o em cima da mesa, tirou a camisa e pegou uma Coca na geladeira. Assistiu à TV até meia-noite e adormeceu no sofá.

Acordou seis horas depois, surpreso com uma dor de garganta repentina. Entrou no banho. Júlia ainda dormia. Ficou debaixo do chuveiro por quase quarenta minutos. Vestiu-se enquanto ela espreguiçava.

– Já vai? Ainda não é muito cedo?

– Tenho uma reunião de manhã.

– Você está gripado?

– Não.

– Seu nariz está entupido, sua voz está estranha.

– Não estou gripado, acordei com a garganta um pouco ruim, só isso.

– Cuidado. Agasalhe-se. Você não quer pegar outra pneumonia, quer?

E então a lembrança do princípio de pneumonia que tinha tido havia cerca de seis meses foi despertada subitamente. Como ele odiou aquela lembrança.

– Meu Deus, que exagero! Minha garganta está um pouco ruim e você vem me falar em pneumonia? Tenha paciência!

– Tem razão, desculpa.

Ela fechou os olhos e abraçou o travesseiro. Discretamente, ele apalpou o próprio pescoço à procura de gânglios. Era no pescoço que eles ficavam?

– Viu as roupinhas? – Júlia perguntou.

– Vi.

– O que achou?

– Gostei bastante.

Ela o puxou para a cama.

– Estou tão feliz, meu amor!

– Eu também. Mas tenho de ir... Eu te amo.

– Fala de novo. Você nunca fala.

– Eu te amo – ele repetiu, se levantando. – Cuida do nosso bebê aí dentro.

"Cuida do nosso bebê aí dentro." A frase ecoou três vezes dentro de Júlia, que voltou a dormir, sorrindo.

O laboratório ficava na Vila Mariana.

Fernando havia encontrado o endereço com alguma dificuldade no catálogo telefônico. Não conhecia bem aquelas ruas e suas mãos estavam trêmulas. Só agora percebia que o rádio estava desligado. Ligou no noticiário, mas não ouviu notícia nenhuma. Percebeu que sua pressão estava caindo. Estacionou o carro, desligou o som e continuou sentado por alguns minutos, na tentativa de se acalmar.

– Água, o senhor pode tomar – explicou a recepcionista, quando ele justificou a tontura com o fato de estar sem comer e beber por causa do jejum. Então ele foi encaminhado a uma sala onde havia café, sanduíches e biscoitos. Tomou um gole d'água e, na mesma hora, sentiu o estômago revirar. Percebeu um pequeno refluxo, engoliu o gosto amargo e se sentou.

– O senhor está com uma saúde de ferro – o médico tinha dito no dia anterior.

– Sim, eu sei, mas é minha mulher... Ela se preocupa com minha saúde, insistiu que eu fizesse um check-up, visse se está tudo bem.

– O senhor é jovem. Uma pneumonia não chega a ser rara, uma dor de garganta, então, nem se fala.

– Sim, mas eu realmente queria...

– Sua pressão está normal... Pulmões limpos... Não há infecção na garganta, pais não tiveram problema no coração... Não há necessidade de exames.

– Mas eu preciso. De um exame de sangue. Eu preciso ver como está o meu sangue.

– Como?

– Eu preciso fazer um hemograma, qualquer coisa, eu tenho pesadelos, eu fico me apertando, eu preciso fazer algum teste, qualquer coisa, eu...

– Acalme-se, o senhor está bem?

– Eu trabalho com muita gente. Eu preciso saber como está o meu sangue.

De volta à sala, uma enfermeira pediu a Fernando que a acompanhasse.

Dentro de uma saleta, ele se sentou, tremendo. A enfermeira pediu que ele esticasse o pulso esquerdo, abrindo e fechando as mãos com força. Enquanto ele fazia o movimento, notou que ela pegava uma seringa de vidro. Um fio grosso e gelado de suor escorreu na sua testa.

– Não pare de movimentar as mãos, por favor.

Ele voltou a mexê-las. Ela, então, encostou a agulha numa veia dele.

– Está nervoso?

– Não.

– Fique calmo, vai ser bem rápido.

Ela enfiou a agulha em uma das veias azuis e ele desmaiou.

Alguns instantes depois, Fernando acordava em uma maca.

– O que aconteceu?

– Você teve um desmaio enquanto tiravam seu sangue – disse uma enfermeira. Era outra. – Você se alimentou hoje?

– Conseguiram tirar meu sangue? Fizeram o exame?

– Sim, seu material foi recolhido. Passe aqui no dia 14 para pegá-lo – ela disse, entregando-lhe um papel.

Ele se levantou bruscamente da maca e consultou o relógio de pulso.

– Cuidado, sua pressão ainda está um pouco baixa. Aqui ao lado temos uma sala com café, biscoitos, pães...

Mas ele já estava longe.

No carro, antes de sair, pensou em pegar o jornal velho guardado no porta-luvas, mas só o faria duas semanas depois, numa vaga ao lado, naquele mesmo estacionamento, quando leu:

"Agora não fica mais ninguém dentro de sala fechada. Deixo as portas e janelas sempre abertas e as crianças não podem mais brincar juntas dentro de casa, só onde tem ar livre". A fala é de Teresa Dias, 47 anos, dona de casa. Em entrevista ao *Diário*, ela conta que já teve pesadelos com os filhos sendo infectados pela Síndrome de Imunodeficiência Adquirida, SIDA ou AIDS.

Teresa não está sozinha. Como ela, milhares de brasileiros se preocupam com a nova doença, cujo primeiro caso no Brasil foi diagnosticado em 1982, de acordo com o boletim epidemiológico do Ministério da Saúde. Na época, a síndrome, associada ao homossexualismo, foi divulgada pela imprensa como – câncer gay– e – doença misteriosa dos gays – . O próprio homossexualismo é considerado uma doença pela Organização Mundial da Saúde, e a AIDS seria uma consequência dessa prática. Mas, dois anos depois, muita coisa mudou. No Brasil, assim como nos Estados Unidos, a doença deixou de ser exclusiva dos homossexuais: há cada vez mais casos de mulheres e homens heterossexuais contaminados. Pergunta-se: como a doença chegou até eles?

Essa não é a única dúvida que paira sobre a AIDS: o mistério em torno da doença mortal continua para muitos. Como é transmitida? "Já sabemos que o contato sexual está entre as principais formas de contágio, juntamente com a transfusão de sangue e o compartilhamento de seringas", afirma o infectologista José Eduardo Botelho, que observa atualmente dois pacientes sob suspeita de portarem a doença. Mas o contágio também se dá por saliva, beijo e aperto de mão? É seguro dividir um ambiente com um homossexual? E o que dizer do uso comum de piscinas?

Para o médico Antônio S. Teixeira, do Hospital das Clínicas, a doença seria resultado da promiscuidade sexual. "As mulheres que fazem sexo com muitos homens e os homens que se relacionam com prostitutas estão entre os grupos de risco", afirma. "Quem estiver nesses grupos e sentir fraqueza, perda de apetite, febre persistente, ou notar manchas pelo corpo ou gânglios deve procurar atendimento médico imediatamente."

Segunda parte

12.

Quinta-feira, quase oito da noite.

Júlia e a mãe, Fátima, entraram em uma pizzaria na avenida Cotovia. Música ambiente, cinco ou seis mesas ocupadas. Sentaram-se, deixaram o cardápio em cima da mesa e pediram duas garrafas de água mineral.

– Não quer fazer o pedido de uma vez? – perguntou Fátima.

– Não, não, vamos escolher sem pressa.

– Acha que vai dar tempo de o Fernando vir?

– Não, não estou contando com ele. Sei que ele está no trabalho.

– Nossa, até agora... Será que ele vai continuar nesse ritmo quando o bebê vier?

Júlia consultou as horas no relógio de pulso.

– Ele adora trabalhar, mãe, você sabe. Agora, então, é que vai trabalhar em dobro. Conheço o Nando. Eu é que estou pensando em largar meu trabalho.

– Você tinha me dito. Acho que faz bem, filha. Criança precisa da mãe. Depois você volta.

– É, depois eu volto.

O garçom colocou as duas garrafas de água sobre a mesa.

– Criança precisa do pai, também. Você tem de pedir para o Fernando trabalhar menos – continuou Fátima. – Pelo menos, vocês pararam de brigar toda hora. Isso é ótimo.

– Não estamos brigando mais.

– Ainda bem. Cheguei a pensar que você fosse fazer a bobagem de sair de casa...

– Eu nunca faria isso. Às vezes, sou precipitada, imatura, até. Mas não a esse ponto.

– O Fernando é uma pessoa pacata, Júlia. Você precisa aprender a não ser tão insatisfeita. Não sei de onde tira tanta insatisfação, você não era assim.

– Nós não estamos brigando mais.

– Ele é simples, é pão, pão, queijo, queijo. Trabalha o dia todo, chega cansado e quer paz. Às vezes, você fala tanto que cansa a cabeça da gente.

Júlia sorriu. Sentia-se feliz ao conversar com a mãe. Sentia-se simples e confortável. Precisava entender os defeitos do marido, assim como ele entendia os dela. Satisfeita, comentou que Fernando dificilmente a criticava. Uma ou outra vez, a acusava de pensar demais e, por isso, inventar problemas – quando, na verdade, tudo poderia ser mais simples. Os instantes poderiam ser vistos como partes que não precisavam se juntar. No fundo, admirava o jeito dele de viver como se as partes fossem partes e o todo fosse uma abstração inútil. Ela queria ser assim.

A poucas quadras dali, Fernando entrava no apartamento. Trazia uma sacola branca com coisas para o bebê. Júlia tinha pedido que ele comprasse, quando ele comentou que almoçaria no shopping. Deixou as compras em cima da mesa e acendeu a luz da sala. Não havia ninguém. No sofá, viu um casaco vinho de lã. Lembrou que a Fátima ainda passaria mais dois dias lá.

Sentou no sofá. Sentia-se sozinho e seu estômago queimava. "Henrique foi internado", Claudio tinha dito ao voltar do almoço. Fernando não quis se interessar, mas sua voz foi mais rápida: internado? Internado, passou mal de uma hora para outra. Não há previsão de alta. "Ele estava com um aspecto horrível", alguém comentou passando pelo corredor.

Ligou a TV. Ainda estava passando a novela. Consultou o relógio de pulso. Voltou os olhos para a TV. De repente, levantou-se, foi para o quarto e pegou uma caixa no terceiro compartimento da parte superior do armário, da esquerda para a direita. Abriu a caixa apressadamente, em cima da cama, e tirou de lá o envelope branco.

Duas horas depois, quando Júlia e a mãe voltaram para casa, rindo e conversando em voz alta, as luzes da suíte estavam apagadas e a porta fechada. Fernando, deitado, fingia dormir, mas não conseguia parar de coçar os olhos, como se algo estivesse errado com eles. Na verdade, não tinham nada de anormal. Apenas estavam úmidos.

13.

No dia seguinte. Quase meia-noite.

O Voyage cinza corria pela avenida Paulista. No toca-fitas, Pink Floyd. *We don't need no education/We don´t need no thought control/No dark sarcasm in the classroom/Teachers leave them kids alone/Hey! Teachers! Leave them kids alone!* Fernando fazia força para não deixar que suas angústias alcançassem a superfície. Precisava resistir. Os pensamentos submersos não desistiriam.

Excetuando-se o fato de ter passado a maior parte do tempo tentando controlar a mente, havia sido um dia comum no trabalho. Henrique. Reuniões. Almoço rápido com Carlos Eduardo e Emiliano. Henrique. Dois telefonemas de Júlia. Cobranças. Henrique. Números. Relatórios.

Henrique.

Dois colegas falaram sobre visitá-lo. Alguém falou que ele não podia receber visitas. O assunto morreu.

À noite, quando todos deixaram o escritório, esforçou-se para encontrar alguma tarefa por fazer. Não era necessário. Já eram nove da noite e tudo o que poderia estar em ordem estava em ordem. Mesmo assim, telefonou para Júlia e falou que teria de trabalhar até madrugada. Não sabia muito bem por que tinha feito aquilo. Não queria ir a lugar nenhum. Mas lugar nenhum incluía o apartamento. Na dúvida, continuou no escritório, lendo papéis que poderia deixar para o dia seguinte e fumando sem vontade. Às onze e meia, saiu de lá. Agora, quase meia-noite, dirigia na Paulista.

Foi até o início da avenida, no Paraíso, retornou e continuou dirigindo em sentido oposto. Sempre em alta velocidade. Retornou novamente e virou na Peixoto Gomide sem pensar aonde ia. Passava reto em faróis vermelhos sem pensar no que fazia. *You hear the door slam/And realize there's nowhere left to run/You feel the cold hand/And wonder if you'll ever see the Sun/You close your eyes/And hope that this is just imagination/But all the while/You hear a creature creepin' up behind/You're out of time.*

Agora ele estava na alameda Santos passando pelo parque Trianon. Estacionou em meio à quadra escura e saiu do carro. Andou até o final da calçada e acendeu um cigarro. Já tinha ouvido falar daquele quarteirão. Ponto de michês, especialmente os menos experientes. Os aspirantes a profissionais masculinos do sexo.

Olhou para trás: um rapaz caminhava devagar perto do Voyage cinza. Não devia ter mais de vinte anos. Como odiava aquelas bichinhas.

Jogou o resto do cigarro no chão e voltou para o carro. Abriu a porta, sob os olhos do rapaz, que permanecia de pé, na frente do carro, com as mãos enfiadas nos bolsos traseiros da calça. Fechou. Sentou-se. Abriu o vidro. Silêncio.

– E aí? – o desconhecido perguntou. Estava escuro e Fernando não o encarou nos olhos, mas ouviu sua voz e viu a sombra dele no chão.

– E aí o quê, cara? – respondeu Fernando. Motor desligado.

– Costuma vir aqui por esses lados?

– É a primeira vez.

Fernando ouviu uma risadinha. Como odiou aquele som. Olhou o rapaz: peito nu, jaqueta jeans, pele clara, cabelo no olho, parte dos dentes aparecendo na maldita risadinha. Como odiava aquele rosto.

– Tem um hotel que eu sempre vou, não é muito longe – disse o desconhecido.

– Dá pra ir a pé?

– Não.

Fernando abriu a porta do passageiro.

– Entra.

Entrou.

– Pega a primeira que der para a Paulista.

Fernando deu a partida. No carro, silêncio e fumaça – ele terminava o segundo maço do dia.

– Agora desce a Consolação.

O que pretendia fazer? Não sabia. Apenas obedecia mecanicamente as instruções do passageiro.

– É ali – disse, apontando uma fachada a poucos metros.

Entraram no hotel branco, uma construção mal conservada do final dos anos 1940 na Consolação. Na pequena recepção, uma mesa, um telefone, alguns papéis e um senhor de meia-idade tomando café e assistindo a alguma coisa na pequena TV à sua frente. O rapaz cumprimentou o senhor pelo nome. Assinaram o velho caderno estendido preguiçosamente a eles – Paulo e Michael – e receberam a chave. Suíte número sete. Apertaram o botão do velho elevador, mas, antes que ele viesse, Michael apontou a escada. Subiram.

Entraram no quarto. Uma cama de casal, lençóis brancos aparentemente limpos, um pequeno banheiro com privada e pia marrons. Os dois jogaram chaves e carteiras em cima do criado-mudo, já que não havia outra espécie de mesa.

– Qual é o seu nome?

– Michael.

– Seu nome não é Michael.

– É, sim.

Michael tirou a jaqueta e se aproximou de Fernando, que estava sentado na beira da cama e ainda não tinha tirado os sapatos.

– O que você está a fins de fazer, Paulo?

– Deita de bruços.

Fernando continuou sentado na beira da cama, imóvel. Michael tirou sua camisa e deitou.

– Tira o resto da sua roupa.

Michael tirou burocraticamente os tênis, as meias, a calça e a cueca, e se deitou de novo. Fernando, vestido, abriu o zíper da calça e observou seu próprio pênis por alguns segundos. Então, mirou aquele corpo nu à sua frente.

– Vira – disse, guardando com alguma dificuldade o pênis na cueca.

Michael se virou e Fernando olhou para o rosto dele. Os olhos estavam fechados.

– É uma bicha, mesmo – disse Fernando. Não houve resposta. – Você quer que eu enfie em você, não quer? Gosta que te comam, não gosta? Já comeu alguma mulher na vida? Bicha! – repetiu, levantando-se e empurrando Michael para fora da cama.

– O que é isso, cara? – disse Michael, antes de ser empurrado mais uma vez e levar um soco, o primeiro de três: dois no nariz e um na boca. Quando revidou, já estava enfraquecido e assustado com o sangue que corria do seu rosto e chegava-lhe às mãos. Fernando continuou batendo, desta vez com chutes. Seus olhos estavam secos e brilhantes quando Michael caiu no chão. Fernando se levantou e continuou agredindo com chutes o corpo desacordado. Quando se cansou, pegou a chave, a carteira e saiu do quarto sem olhar para trás. Desceu as escadas do hotel com o coração acelerado, jogou duas notas de mil sobre o balcão da recepção e entrou no carro.

Fernando chegou ao apartamento e viu que Júlia e Fátima já dormiam. Jogou a roupa manchada de sangue no fundo da cesta de roupa suja, no banheiro da suíte, e a cobriu com outras peças. Tomou banho e se deitou ao lado da mulher. Em menos de dois minutos, já estava dormindo.

14.

Tinham acabado de deixar Fátima no aeroporto de Congonhas.

Fernando não pronunciou uma só palavra durante o trajeto.

– O que você tem? – Júlia chegou a perguntar duas vezes, sem obter resposta. Ele apenas balançava a cabeça e continuava dirigindo. Quando estacionaram na garagem do prédio, ela tinha o corpo retraído e um nó na garganta, mas se conteve para não fazer mais nenhuma pergunta. Sabia que perguntas o irritavam. Provavelmente tinha se lembrado de algum problema no trabalho. Não devia ser nada de mais.

Entraram no apartamento. Júlia, silenciosa, deixou a correspondência em cima da mesa. Enquanto isso, ele abria a geladeira e pegava uma Coca.

– Vou fazer café – ela disse, por fim. – Não quer tomar café em vez de Coca?

Ele devolveu a lata para a geladeira e foi para a sacada, mudo. Ela colocou a água para ferver enquanto pegava o pó e a caixa com os coadores de papel.

– Você me traiu, Júlia? – ele disse, voltando para a cozinha. Ela apenas o olhou, levantando as sobrancelhas. Do que ele estava falando?

– Responde, anda. Você me traiu?

– Não! De onde você tirou isso? O que você tem, Fernando?

– Nem uma vez? Nem no começo do nosso namoro? Nos dias mais difíceis do nosso casamento?

– Eu nunca traí você. Para com isso.

– Presta bem atenção no que eu vou te falar – ele disse, encostando as duas mãos nos ombros dela. – Se eu descobrir alguma coisa, qualquer deslize da sua parte, isso não vai ficar assim. Entendeu? Eu não suporto ser enganado, Júlia. Eu não suportaria ter uma mulher que me trai.

– Você sabe muito bem que eu nunca faria isso.

– Eu não sei de nada. Outro dia você saiu de casa.

– Eu me arrependi, Nando.

– Você pode muito bem trair e se arrepender.

– Eu não vou fazer isso, eu juro.

– Mesmo se você se arrepender, não tem perdão. Pensa bem antes de fazer besteira. Não é porque você está esperando um filho meu que eu vou fazer papel de trouxa.

– Para de falar assim, Nando! – ela disse, quase chorando. Em seu interior, o quase choro se misturava de forma homogênea a uma alegria e uma vaidade quase desconhecidas. – Não estou reconhecendo você.

– Se eu souber que você já fez alguma coisa...

– Eu não fiz nada, chega disso – ela falou, abraçando-o. – Eu te amo mais do que tudo neste mundo, Nando. Eu jamais faria alguma coisa para te magoar. Já me arrependi por ter saído de casa, fui muito imatura. Você sabe como sou imatura às vezes. Sou fraca, indecisa, já te falei isso tantas vezes. Não sou centrada como você.

– É isso que me perturba: essa sua indecisão. Daqui a pouco você resolve sair de casa de novo, e como eu fico? Não quero ficar sozinho de novo.

– Por favor, para de falar disso, eu sofro quando voltamos a esse assunto. Já me arrependi... Eu sou uma boba, não sei por que ajo ou deixo de agir desta ou daquela maneira...

De repente, ela se lembrou. O beijo em Bruno.

– As pessoas que amam não traem – ela disse. – É normal sentir desejo por outras pessoas quando se é casado, mas quem ama e se dedica ao relacionamento segura essa vontade. A não ser que a traição sirva para um bem maior, como, por exemplo, passar a dar mais valor à pessoa que está do seu lado... A não ser que...

– Não existe meia traição, Júlia – ele interrompeu. – Ou você é fiel ou não é. Não tem essa de traição com propósito, traição sem propósito, meia traição. Para de tentar ser moderninha.

– Mas você acha, por exemplo, que eu beijar alguém num impulso é a mesma coisa de ter um amante por anos? Não considera como tendo pesos diferentes? E você não acha que a fidelidade tem muito mais a ver com confiança e lealdade do que com um ato isolado?

– Você está complicando demais – ele disse, sentando-se no sofá e ligando a TV. – Cansei dessa discussão. Eu só queria saber se você já me traiu.

– Não, não, juro que não.

Ela se lembrou da água no fogão. Desligou o fogo e sentou-se no sofá.

– Te amo, Nando. Desculpa por ser assim, às vezes. Te amo.

Ele a beijou. Ela olhou em seus olhos, procurando ali o medo que ele tinha de perdê-la. Quando encontrou, o abraçou. É possível achar qualquer coisa quando se procura, com foco bem determinado, nos olhos de uma pessoa. Eles se soltaram e ela sorriu. Ela não se lembrava da última vez que tinha se sentido tão bem.

Na sexta-feira seguinte, um memorando avisava sobre o velório de Henrique.

Fernando assinou o papel tremendo. Não foi ao velório. Esforçou-se para não pensar nisso no resto do dia e no final de semana.

Na segunda, acordou mais cedo, trabalhou até mais tarde e preencheu os momentos ociosos das mais variadas formas. Na hora do almoço, viu-se vazio com a notícia de que uma reunião havia sido cancelada e resolveu realizar o antigo sonho de comprar uma moto. Por que não? Foi a uma concessionária dar uma olhada nos modelos e também comprou uma revista sobre motociclismo. À noite, leu a revista e fez anotações.

Na terça, passou o almoço conversando com os colegas sobre os modelos, as cores, os preços, a potência dos motores. Era raro vê-lo falar tanto no almoço. Embora não tivesse tomado consciência disso, aquela procura fora responsável por um sentimento de prazer que não tinha havia muitos dias. Enquanto aumentava seus conhecimentos sobre motos e sorria a cada compra imaginada, nada passava em sua mente a não ser aquilo: os modelos, as cores, os preços, a potência dos motores. Substituindo com planos concretos a insistência das angústias que o incomodavam, mesmo quando essas mal faziam barulho ao se revirarem em sua cabeça, Fernando se sentia descansado e em paz.

Na quarta, acordou às seis da manhã para fazer musculação. O professor disse que ele ia muito bem, mas Fernando insistiu que queria aumentar os pesos e usar mais aparelhos. "Tenho muito pique", disse. Na academia, como sempre, se esquecia de tudo. Admirava seus músculos saltarem enquanto pegava peso e se olhava no espelho. Sempre observando as mulheres que passavam. Sabia que muitas se sentiam desconfortáveis perto dele – tinha certa fama de não tirar os olhos dos seios da interlocutora. A recepcionista, uma moça do interior, chegou a tampar seus seios certa vez, quando ele os mirou ao pedir uma informação.

Na sexta de manhã, mais musculação. Passou a se cuidar mais. Sem perceber, aumentou o tempo dos banhos e do ritual de limpeza que fazia em seguida. Decidiu limpar os aparelhos da academia antes de usá-los com um pano embebido em álcool

– era o único que fazia isso. Também começou a lavar as mãos mais vezes ao longo do dia. A aparência e a higiene, de maneira geral, foram lhe consumindo mais tempo. Animado, olhou-se no espelho do andar: ficaria ainda mais atraente. Aproveitou que o banheiro estava vazio para examinar seu pescoço. Em seguida, procurou por manchas pelo corpo: nada. Apertou o bíceps direito e sorriu ao se dar conta de como estava rígido.

No sábado, comprou uma Honda CB 450 vermelha. Depois da musculação, passou o dia andando de moto, em alta velocidade e sem parar em nenhum destino. No domingo, levantou-se cedo e calçou os tênis. Havia tempos não praticava seu jogging. Depois, jornal, almoço, TV, inspeções e cuidados com o corpo e o rosto e moto. Nem percebia que, depois de cada um de seus banhos, passava cada vez mais tempo se observando no espelho. Fazia a barba com calma, olhava-se de vários ângulos, passava as mãos no cabelo e na pele, sorria, examinava os dentes, apertava o abdômen, respirava fundo, observava se não estava mais magro, se não se sentia cansado.

Júlia sorria ao ver o marido com tanta energia. A princípio, reprovou mentalmente a moto, aquele luxo perigoso e desnecessário, mas reconsiderou sua opinião ao se dar conta da alegria de Fernando ao contar seus feitos. Ela, que quase sempre monopolizava a maior parte dos diálogos, não só por falar mais do que ele, mas por saber que os inevitáveis e recorrentes buracos nas conversas faziam com que ela se sentisse triste e desinteressante, passou a ouvir a voz de Fernando por vários minutos consecutivos. Era novo para ela. Fernando descrevia a moto, o prazer de pilotar, o elogio que recebeu de algum desconhecido na rua, que não tinha se contido ao ver – aquela coisa linda– estacionada. Mostrou que havia comprado um bronzeador para usar enquanto corria. Beleza faz parte do corpo, e é importante cuidar do corpo, disse. Ia animado à academia. Voltava do banho com aparência impecável, sentava-se no sofá e ligava a TV. Ela o observava, embevecida. Parecia mais feliz e bem-humorado. Estava mais ativo e presente. Certamente, era por causa da gravidez.

15.

Quando o telefone de Sandra tocou, ela estava chorando.

Tinha vivido normalmente aquele dia, até perceber, assustada, que fazia cinco anos que seu irmão havia morrido.

Eram filhos de Paulo e Marta, uma mulher de quase sessenta anos cujos olhos mostravam claramente que um dia já tinha sido bonita. Ela morava em Bauru, no interior de São Paulo, e tinha dezoito quando conheceu Paulo, que trabalhava na pequena empresa de distribuição de hortifrutigranjeiros do pai. Quando ela ia à missa com a mãe e duas amigas, ele cumprimentou uma delas, que conhecia de vista, e acabou se juntando ao grupo. Ao deixarem a igreja, uma hora depois, todos tomavam sorvete na praça. Um ano depois, Paulo e Marta estavam noivos.

Na noiva, estavam personificadas todas as generalizações que Paulo desejava em uma mulher. Marta era bonita, de boa família, ria comedidamente e pensava mais comedidamente ainda. Era caprichosa com a casa, sabia fazer um pão de ló como ninguém e desejava ser mãe. Ela não gostou de Paulo de imediato, mas se deixou levar, por carência e curiosidade, até que um dia se viu apaixonada pelo marido.

Queriam cinco filhos. Mas, já no primeiro ano de casamento, Marta sofreu dois abortos. Fingiam para si mesmos que não estavam tão tristes e iam levando a vida. Quando o pai de Paulo morreu, ele assumiu a pequena empresa, que não tinha concorrentes na cidade. O negócio cresceu, ele conseguiu juntar dinheiro e decidiram se mudar para São Paulo, onde reabriram a empresa. A essa altura, pela primeira vez, Marta estava grávida de três meses e tudo parecia correr bem. Paulo via a si mesmo quando olhava a barriga da mulher e, sem se dar conta, já tinha traçado o futuro daquela pequena vida. Marta, que há muito não se sentia importante para o marido como no início do casamento, achou-se amada e desejada. A família comemorou a notícia e não eram poucas as visitas de parentes e amigos de Bauru.

Quando o bebê nasceu, Marta engoliu sua decepção. Era uma menina. Paulo não disse nada, mas suspendeu os mimos à mulher e deixou que o rosto dela envelhecesse cinco anos em dois meses. Deram o nome de Sandra ao bebê. Não era o nome da avó, da mãe ou de ninguém que importasse. Marta cuidou daquele ser como se passasse roupa e se preocupava mais em manter o marido bem-humorado do que com qualquer coisa que se referisse à criança.

Três anos depois, ela engravidou de novo. No começo do quarto mês da gestação, reviu suas superstições e decidiu, em segredo, perguntar a uma cigana conhecida na região qual era o sexo do bebê. Menino. Sentiu-se a mulher mais feliz do mundo. Não contou a ninguém aquela que considerou uma verdade factual e se divertiu com a aflição muda de Paulo e até mesmo com os comentários dos amigos e familiares de Bauru, que apostavam em mais uma menina. Quando Fábio nasceu, foram muitas celebrações, viagens à cidade natal, idas apressadas ao médico e à igreja por preocupações bobas, visitas às pessoas queridas. Nesse período, todo o resto da vida de Sandra se desenhou na frente dela: uma longa e lenta solidão.

Dezoito anos depois, apesar de todos os esforços, dinheiro e rezas, Fábio se encontrava na cama, definhando dia a dia, hora a hora, por causa de um câncer. A maior alegria de seus pais, naquele período, foi quando o médico informou que o braço esquerdo do filho teria de ser amputado: era uma esperança. O dia da cirurgia foi recebido com uma alegria amarga. Dois meses depois, o sentimento se confirmaria inútil: Fábio morreu numa terça-feira, às quatro e cinquenta e cinco da tarde.

Depois de perceber que o quarto morto do irmão, com todas as suas roupas e pertences, seria para sempre mais importante do que a presença viva dela, Sandra saiu da casa dos pais, para onde não voltou nem para visitar. Trabalhou como secretária no consultório de um dentista, alugou um quarto no apartamento de uma senhora, estudou para o vestibular por um ano e conseguiu uma vaga em uma universidade pública. Letras. Foi em uma das poucas festas a que foi na época da faculdade que conheceu Fernando.

Ela atendeu o telefone depois do quarto toque.

– Alô.

– Adivinha quem está falando?

– Não sei.

– Adivinha.

Silêncio.

– Sou eu. Fernando.

Mais silêncio. Números e meses passaram-se na cabeça de Sandra. O que ele queria? Fazia tanto tempo que não se falavam.

– Que surpresa – ela respondeu, por fim.

– Parece que não liguei em boa hora.

– Não tem problema. Só estou surpresa. Como conseguiu meu telefone?

– A dona Miriam me passou, disse que você se mudou de lá.

– É, agora moro com uma amiga.

– O que você vai fazer hoje?

– Nada de especial.

– Vamos tomar um café?

– Um café? – ela repetiu para ganhar tempo. Era tão repentino aquele contato. – Hoje? Bem, acho que sim, por que não?... Onde?

– Por que você não me chama para conhecer a sua casa?

Silêncio.

– Preciso conversar com você em particular – ele emendou. – Preferia que fosse na sua casa. Se não houver problema para você.

Ela olhou o relógio na parede da sala.

– Pode ser aqui em casa. Vou sair, volto às sete. Lá pelas oito?

– Tá legal – ele disse. – Qual é o endereço?

Às oito em ponto, a Honda estacionava na frente do pequeno prédio pintado na cor creme na rua Apeninos, na Vila Mariana. Sandra abriu a porta. Um beijo no rosto, sorriso, café, biscoitos. No som, Caetano. *Manhã chegando/Luzes morrendo, nesse espelho/Que é nossa cidade/Quem é você, qual o seu nome/Conta pra mim, diz como eu te encontro/Mas deixa o destino, deixe ao acaso/Quem sabe eu te encontro.*

– O que deu em você para me ligar? – ela perguntou, depois de trinta minutos de conversa entre pessoas que não se veem há algum tempo: como anda o trabalho, o que houve com aquele nosso conhecido, casou, não casou. Como vão as coisas. (Sobre ter se casado ou não, ele comentou vagamente que estava com uma pessoa havia algum tempo.)

– Você, como sempre, com medo das palavras – ela prosseguiu. – Eu sempre quis saber como funciona a sua cabeça. Adoro você, Fernando, não me leve a mal, mas não sei como conseguimos passar tanto tempo juntos.

– Um ano não é tanto tempo.

– Não foi um ano. Foram oito meses. E existem vários tempos – ela continuou. – O tempo costuma ser definido como esse que nós podemos medir pelo relógio, que é igual para todo mundo. Mas tem também o tempo individual. Ele varia de pessoa para pessoa e de circunstância para circunstância. É medido pela cor da nossa alma.

Ele viu o cinzeiro em cima da mesa e tirou o maço do bolso.

– Você não prestou atenção em nada do que eu disse – ela sorriu.

– Prestei, sim. Tempo medido pelo relógio. Pela cor da alma.

Sandra sorriu mais uma vez. Apesar de afirmar que não sabia como os dois tinham passado tanto tempo juntos, ela sabia. Desde o instante em que se conheceram, Fernando se deixou fascinar pelas palavras dela. As mesmas palavras que causavam tanto medo a ele quando dormiam em seu interior. Sandra falava sem medo e, como toda pessoa que fala sem medo, constantemente caía em contradição. Mesmo assim, continuava destemida. Agora ela percebia que Fernando nunca tinha sido apaixonado por ela, mas por sua coragem. E ela, por sua vez, nunca tinha sido apaixonada por ele, mas pela admiração que ele sentia por ela. Por essa coragem que ela conquistou depois de se ver obrigada a libertar seus pensamentos devido à solidão. Ou ela se exprimia, para si e para os outros, ou enlouquecia. Ou libertava seus pensamentos, ou eles a engoliriam de vez.

– Você estava monossilábica quando eu liguei – ele disse. Monossilábica. Tinha aprendido essa palavra com ela. Ela adorava palavras que se referiam a ritmos de fala. Monocórdia. Pausadamente. Monossilábica.

– Hoje é aniversário de cinco anos da morte do meu irmão. Eu nem pensava mais nisso, mas, quando me dei conta da data, me senti estranha.

– Sinto muito.

– Não, você não sente – ela disse. – Mas não esquenta, não. Eu também quase não sinto, o que faz com que eu me sinta pior do que se eu sentisse, de fato.

Ele olhou para os olhos dela. Fascinação. Ela sabia que o fascinava. Por isso, ali, naquela sala, ela se sentia em posição de poder.

Quando o café acabou, ela se levantou para pegar um vinho. Vestia uma saia de tecido molengo, de várias cores: rosa, laranja, amarelo, verde. Estava descalça, com as unhas dos pés mal cortadas, e usava uma blusa branca. Voltou. Serviu o vinho em dois copos, desculpando-se por não ter taças. Agora, Fernando percebia que a blusa dela tinha um leve decote. Não havia reparado antes. Ou então ela tinha abaixado o decote na cozinha.

Quando ela voltou a brincar com as palavras, ele a observou mais demoradamente. O cabelo continuava igual. Castanho, volumoso e cacheado. Talvez um pouco mais comprido do que antes. A pele do rosto era morena e oleosa. O corpo era o mesmo: peito pequeno, magra, cintura reta.

Sandra sabia por que ele tinha ido lá. Tanto que, quando estavam nus, no sofá, ela não se assustou consigo mesma.

– Você é linda – ele disse, quando ainda estavam vestidos, terminando a garrafa de vinho. Ela sorriu. Durante o período em que namorou Fernando, ele passava algum tempo hipnotizado e, depois, em vez de comentar sobre qualquer coisa que ela tinha dito, estender o assunto ou acrescentar algo, ele dizia "Você é linda" e uma ou outra variação dessa frase. – Você é demais – ele insistiu. Ela baixou a cabeça, sorrindo e mexendo em uma mecha do cabelo. Já esperava ouvir aquilo. Na verdade, era do que ela estava precisando, com certa urgência, até.

Então ele a abraçou e se beijaram.

Quando ela estava nua, ele a virou.

– O que você está fazendo? – ela perguntou.

– Quieta – ele disse, enfiando o pênis no ânus dela com força. – Quieta.

– Eu não quero assim, para.

– Quieta.

Ele continuou como se não tivesse ouvido nada. E, de fato, ela não insistiu mais. Deixou-se levar pela vontade que sentia e pela vontade que via.

Quando terminaram, ela se levantou para pegar água. Na volta, deitou-se ao lado dele e evitou pensar em qualquer coisa que a devolvesse à esfera da realidade, que ela conhecia bem, mas não queria visitar sempre. Fechou os olhos e, quando abriu, Fernando não estava mais ao seu lado. Enquanto ela dormia, exausta, ele havia se vestido e ido embora.

Quando ele entrou no apartamento, Júlia estava assistindo à TV.

– Você demorou – ela disse, beijando seu rosto. – Está com uma cara tão boa, o que aconteceu?

– Nada. É bom chegar em casa.

– Chorei na novela, hoje. Foi um capítulo tão emocionante. Deixa eu te contar como foi.

Ela começou a contar, mas, enquanto ela falava, ele deitou a cabeça no seu colo e acabou dormindo.

16.

Depois de algumas semanas sem notícias de Fernando, Carla se surpreendeu quando ouviu a voz dele ao telefone. Acabava de chegar de um hotel onde tinha passado a noite com um senhor de cerca de 70 anos, cliente ocasional havia quase dois. Quando se conheceram, a mulher dele, doente, tinha sido desenganada pelos médicos. Após alguns meses, ela já apresentava uma melhora significativa, mas ele percebeu que era tarde demais para voltar a ser o mesmo marido que tinha sido por quarenta e dois anos.

– Adivinha onde eu estava pouco tempo atrás – ela perguntou assim que atendeu ao telefone.

– Hoje, daqui a duas horas, tá legal?

– Em uma banheira gigante, peladinha – ela disse, com voz provocante. – Coberta de espuma.

Ele não respondeu.

– *Well*, em duas horas, então – ela confirmou. – Algum pedido especial?

– Não – ele respondeu, desligando.

– Você não tinha esses negocinhos aqui – disse Fernando, depois que ela o masturbou. Carla estava nua, na cama, e ele, já vestido, passava a mão na pálpebra inferior dela. Ela esfregou os olhos.

– Não é sujeira – ele disse. – Como se chama isso? Pé de galinha.

Ela se levantou e se olhou no espelho do banheiro.

– É porque dormi pouco. Estou cansada – comentou, tentando aparentar naturalidade. Na verdade, estava preocupadíssima.

– Você não tinha isso antes.

– Quando durmo pouco, minha cara fica amassada – ela falou, deitando-se novamente.

Ele olhou as horas no relógio de pulso.

– Sabe, sábado eu fui lá na Clash e pensaram que eu era de menor – ela disse.

– Duvido.

– É sério! Duvida por quê? Eu estava entrando lá com minhas amigas e o segurança deixou todas passarem, mas, quando chegou a minha vez, ele pediu meu documento.

– Na certa, queria agradar você, pensando que ia te comer.

– Como você é mala – ela disse, dando-lhe um tapinha e um sorriso. Estava magoada.

– Ainda tenho tempo. Vem. Me chupa.

Ela sorriu mais uma vez, embora estivesse tão sem vontade que chegou a pensar que seu estômago embrulharia. Então, deitou-se na cama, de bruços, com as pernas para o alto, e movimentou a boca mecanicamente. Dois minutos. De olhos fechados, ele a virou de costas e encaixou o pênis no ânus dela.

– Ei, vai com calma! Deixa eu pegar um hidratante, tenho na minha bolsa.

– Nem mais uma palavra – ele disse, sem soltá-la, intensificando os movimentos de vai e vem.

– Eu nunca falei que topava dar o cu, me solta.

– Vou gozar em você, cala a boca.

Quando ela reclamou pela quarta vez, ele já tinha ejaculado. Ejaculação. Era isso que o tinha excitado durante todo o tempo. Queria ejacular naquele ânus. Precisava. Somente aquele prazer era intenso o suficiente para satisfazê-lo naquele momento. Um prazer instantâneo, explosivo, capaz de atirar violentamente todos os seus pensamentos para bem longe por alguns instantes. Um alívio imediato.

Fernando a empurrou de leve. Ela se levantou de maneira brusca e foi ao banheiro. Da cama, ele conseguiu ouvir um "Merda!". Ela voltou e se vestiu sem dizer nada. Ele ligou a TV. Já vestida, ela percebeu que ele permaneceria em silêncio.

– Estou toda ardida! – ela disse, com os olhos umedecidos. – Não gostei disso.

Ele não respondeu.

– Que saco, Fernando, você não vai falar nada? Vai se foder.

Ela saiu do quarto. Ele foi atrás e jogou quatro notas de cinco mil na mesa da sala.

– Olha quanto dinheiro tem aqui. Satisfeita? Ah, agora calou a boca, né? Então para de me encher o saco.

Ela o encarou contrariada, mas abriu sua bolsa e jogou as notas dentro, sem dobrá-las. Disse secamente que tinha esquecido algo no banheiro e voltou para a suíte. Fernando permaneceu em pé, com a porta aberta, impaciente. Ela tinha dado meia-volta não para exibir a bunda, como de costume, mas apenas para irritá-lo com aquela demora.

– Não sabia que a sua mulher vai ter um bebê – ela disse, ao voltar para a sala e notar duas sacolas em cima de uma cadeira. – Você vai dar um ótimo papai – falou, apertando o botão do elevador.

– Quem sabe, me saio um pouco melhor do que o seu – ele respondeu, fechando a porta.

Foi a última vez que se viram.

Na semana seguinte, seria a última vez que veria Sandra.

Era uma quarta-feira, dia fácil de dar uma desculpa para Júlia: futebol. De fato, os colegas costumavam jogar em algumas quartas, após o expediente, em um campo alugado em Moema. Mas ele quase nunca ia. Antes do almoço, ligou para Sandra. Ela disse que, apesar da grosseria de ele ter ido embora com ela dormindo, gostaria sim de vê-lo de novo.

À tarde, ao voltar do almoço, ele foi invadido por uma onda de mal-estar. Ao se observar no espelho do banheiro do andar enquanto escovava os dentes, notou uma pequena saliência esbranquiçada nascendo no canto esquerdo do seu queixo. Enxaguou a boca e passou a mão no pequeno e indolor relevo: era uma espinha? Aproveitou que o banheiro estava vazio para observar, intrigado, aquela indesejável novidade por vários segundos. Então, tentou se livrar da pele que parecia se desprender daquele relevo, e se assustou com o sangramento que imediatamente começou a jorrar. Estancou o sangue com papel-toalha. Ao voltar para sua sala, não conseguia esquecer o assunto. Várias vezes, ao longo da tarde, acariciou aquele resto de saliência, com medo de que ela ressurgisse. Antes de ir embora, gastou algum tempo no banheiro observando sua aparência. Ela parecia ter sumido, mas a pele estava irritada. Incomodado, decidiu que aumentaria os cuidados com a pele.

Chegou à casa de Sandra antes das oito da noite. Ela abriu a porta vestindo a mesma saia do encontro anterior, mas dessa vez combinada com outra blusa. Não houve muita conversa.

Sentaram-se, tomaram uma cerveja e beijaram-se. Quando ela estava em cima dele, ele a virou de bruços.

– Fernando, por que você está com isso, agora?

– Só gosto disso.

– E por quê?

– Bom, está feliz por ter me desanimado? Quer pegar mais cerveja e ligar a TV pra gente ver novela?

– Não fala assim, vem cá – ela disse, beijando seu pescoço e seu rosto.

– Para! – ele gritou, afastando as mãos dela e se levantando. – Saco! – falou, procurando seu cinto.

De repente, ele pegou o cinto, puxou bruscamente Sandra e a amarrou numa cadeira. Ela não sabia se gritava, se chorava ou levava aquilo na brincadeira.

– O que você está fazendo?

– Cala a boca – respondeu Fernando, começando a se masturbar.

– O que deu em você?

Quando ele estava terminando, jogou Sandra no chão antes mesmo de desamarrá-la, livrou-se da cadeira e segurou suas mãos. Com o impacto, ela machucou o nariz. Ele ejaculou em cima do ânus dela e passou algum tempo enfiando com os dedos aquele líquido viscoso o mais fundo que conseguia. Da boca de Sandra pressionada no chão, só murmúrios inaudíveis.

– Toma mais. Toma mais – ele repetia.

Quando ela pensava que já tinha acabado, ele a levou para o quarto e a amarrou na cabeceira da cama. A boca de Sandra já estava livre, mas ela não dizia nada.

– Por que você fez isso? – de volta à sala, ele ouviu um fio de voz vindo do quarto.

Mas ele já abria a porta e corria para as escadas.

17.

No dia seguinte, na sala de reuniões do quinto andar de um edifício na avenida Paulista.

Na grande mesa central, bolo, salgadinhos e refrigerante. Júlia, quase sempre acariciando a barriga, recebia os abraços dos colegas.

– Até agora, não me conformo – disse Tereza, sua chefe.

– Para, por favor, senão vou chorar – respondeu Júlia. Não era verdade. Estava felicíssima.

Seu futuro se exibia à sua frente de maneira segura e confiável: passaria dias, meses e anos cuidando de uma nova vida ao lado de seu marido. Choraria quando não conseguisse amamentar o bebê. Passaria noites em claro, na tentativa de acalmar seu choro. Reclamaria de Fernando, que não acordava com ela, e, no dia seguinte, ao chegar à sala, ia se comover ao ver o pai com o filho no colo. A festa de um ano. O primeiro dia na escolinha. O acompanhamento do dever de casa. Quantas mães se preocupavam em acompanhar de perto o dever de casa de seus filhos, hoje em dia? Ela sorria quando pensava nisso, orgulhosa da opção que tinha feito, como se triunfasse sobre a modernidade e seus males. Estava certa de que a mudança a deixaria mais feliz. Fernando mal podia esperar a mãe dedicada que ela seria. Mais apaixonado do que nunca, ele comentaria com os colegas de trabalho como era sortudo por ter a família que tinha.

Depois do último abraço, Júlia consultou o relógio. Dali a algumas horas, longe de qualquer obrigação extramaterna, estaria dentro do consultório de uma nutricionista famosa, na avenida Brasil, conversando a respeito de sua nova dieta. Precisava também marcar uma nova consulta com a dra. Elisabeth, sua ginecologista. Censurava-se por não ter comparecido ao consultório na data marcada e dado início ao pré-natal, mas tinha se entusiasmado tanto com o resultado do exame e as comemorações e preparativos. Era tão maravilhoso pensar em uma nova maneira de se alimentar, apenas para beneficiar seu bebê! De qualquer forma, a consulta com a ginecologista estava marcada para dali a alguns dias.

À noite, brindaria à nova vida com Fernando.

Quando Júlia entrou em casa, decepcionou-se ao ver que Fernando não tinha chegado, mas logo tentou expulsar de sua cabeça qualquer negativismo insistente. Era um dia feliz. Depois da nutricionista, tinha passado na Casa Santa Luzia, na alameda Lorena, e comprado um uísque para o marido, além de queijos finos, mel e chocolates variados. (Ao passar as compras no caixa, espantou-se com a quantidade de chocolate que ela própria havia escolhido e comentou com a funcionária, sorrindo, que agora comia por dois.) Antes que perdesse o controle sobre pensamentos que não gostaria de ter, ligou a TV e ocupou-se em guardar as compras. O barulho de fundo a acalmou. Em seguida, tirou os sapatos e se sentou de frente para o aparelho. Queria relaxar. Fechou os olhos enquanto apenas ouvia o som do programa, quando se levantou bruscamente, pegou o telefone e ligou para Fernando. Ninguém atendeu. Tentou o ramal da secretária. Nada. Sentou-se de novo, como se não tivesse se levantado, e fechou os olhos novamente.

Consultou o relógio de pulso. Verificou se sua chave estava na porta, o que atrapalharia Fernando a abri-la. Colocou a chave em cima da mesa e foi tomar banho, sem desligar a TV.

Abriu a porta do banheiro da suíte. Tirou a roupa. Passou a mão na barriga e se olhou no espelho. Não havia crescido nada, ainda. Talvez um pouco, se olhasse de perfil, mas bem pouco. Abriu o chuveiro. Ensaboou-se devagar, sempre atenta ao barulho inexistente da porta da sala. Lavou o cabelo. Enxaguou. Mais xampu. Mais água. Neutrox. Água. Fechou o chuveiro, ansiosa pelo som que não havia. Toalha. Pente. Abriu o armário debaixo do espelho para pegar o secador e foi nesse momento que viu.

Lá estava ela. Exposta, calma, silenciosa. Inanimada. Sua primeira reação foi desconfiar de seus sentidos: estava vendo aquilo mesmo? Por isso, olhou de novo o que já sabia ter visto e esperou um pouco. Quando percebeu que não havia como negar aquela presença, mil pensamentos passaram ao mesmo tempo pela sua mente, sem que fosse possível reconhecer e organizar em palavras o turbilhão que a invadia, sem que conseguisse distinguir o que pensava do que não pensava, sem que conseguisse agarrar nada que entrava e saía dali.

Fernando chegou indisposto. Sentia-se mal desde manhã, quando viu que a saliência esbranquiçada voltara a nascer em seu queixo. Passou a tarde pensando se tentava removê-la mais uma vez ou não. De onde tinha surgido aquilo? Passando uma mão no relevo, tentando decidir se estava maior ou do mesmo tamanho que no dia anterior, deixou suas coisas na mesa e andou em direção ao quarto. Júlia estava ajoelhada no chão, estática, com os olhos inertes e a calcinha na mão.

– O que é isso? – ele perguntou. – Por que você está aí no chão?

Ela levantou a cabeça. Sentia um mal-estar profundo e não tinha a menor vontade de verbalizar o que quer que fosse. Os pensamentos eram tão vastos e tão velozes que se recusavam a ser aprisionados em frases que ela fatalmente pronunciaria. Quando ela tomou consciência de que precisaria falar algo, foi tomada por uma exaustão imensurável.

– Achei isso no banheiro – disse, por fim, com um tom de voz fraco e inconsistente, estendendo-lhe a peça.

– O que é isso?

– Uma calcinha.

– E daí que você achou uma calcinha sua no banheiro?

– Essa calcinha não é minha, Fernando.

– Deixa ver – ele disse, pegando a peça. Aos poucos, sua voz perdia o verniz de segurança e suas mãos começavam a suar. – Ah, é isso... essa calcinha é sua, sim. É nova. Eu coloquei aí.

Ela se levantou para dar um tapa nele, mas a força momentaneamente adquirida foi suficiente apenas para que ficasse de pé.

– Essa calcinha tá suja. Cheira! – disse, enfiando em seu nariz. – Tá sentindo? Você conhece esse cheiro ou preciso explicar do que é? É cheiro de boceta, Fernando, é isso que tá cheirando essa calcinha.

Cansadíssima do esforço que fizera, ela se deixou ajoelhar no chão, agora chorando e soluçando.

– Que linguajar é esse? Você pode se acalmar, por favor? Nós temos um bebê aí dentro, Júlia! Você está louca? É esse tipo de mãe que quer ser? Descontrolada? Usando termos chulos? Foi com essa mulher que eu me casei?

Com dificuldades, ela se levantou, apoiando-se na cama, e atirou-se nela, molhando a fronha do travesseiro com uma mistura de lágrimas, coriza e baba.

Fernando permaneceu imóvel, de pé. Olhou para a calcinha, agora jogada no chão. Seu primeiro ímpeto foi matar Carla. Filha da puta. Sentia um ódio grosso e profundo ao lembrar-se da imagem dela que se formava em sua mente.

Sentou-se ao lado de Júlia, que, agora, só mergulhava o rosto no travesseiro, em silêncio.

– Fala alguma coisa – ele pediu, por fim. – Eu te amo, Júlia.

– Quem é ela?

Ele não respondeu. Ela se levantou da cama, num ímpeto.

– Se você não responder quem é ela, eu me mato e mato junto esse bebê!

– Não fala assim – ele disse, de cabeça baixa. – Tenta ser racional.

– Quem é ela?

Ele não respondeu.

Então ela saiu do quarto correndo, mas ele a alcançou na sala e pegou seu braço.

– Escuta, você tem de se acalmar.

– Quem é ela? Fala!

– Não é ninguém importante.

– É do seu trabalho?

– Não.

– É aqui do prédio?

– Não. Que diferença isso faz? Júlia, não vou fazer mais, foi um momento de fraqueza, de imaturidade. Você sabe, nós, homens, a gente é meio imaturo, às vezes. Na verdade, a gente nem transou. Só conversou, porque eu desisti na última hora, e... Por isso, a calcinha no banheiro. Ela ficou com raiva e deixou isso aí para que você descobrisse. E você caiu direitinho. Eu não fiz nada!

– Se você ainda quer que eu more nesta casa e tenha nosso filho, me fala agora quem é ela.

Ele se sentou no sofá. Suas mãos tremiam, encharcadas. Na camisa branca, grandes círculos de suor nas axilas.

– É uma garota de programa – ele disse, olhando para baixo. – É uma garota de programa, não é ninguém.

– Meu marido fez sexo com uma garota de programa e diz que não é ninguém? Não é nada, para você? Não acha que significa nada pra gente? Você acha que isso é normal?

A voz dela estava fraca e seus pensamentos insistiam: não nos liberte, você não vai conseguir nos exprimir neste momento. Tudo o que ela falava soava infinitamente menor e mais raso do que sentia.

– Não é tão anormal como você pensa. Não é – ele disse, agora olhando nos olhos dela. – Conheço vários caras que fazem. Caras legais, de família. E caras que vão lá e transam, mesmo, que beijam, essas coisas. Eu não fiz nada, não consegui, eu não conseguiria trair você... Você sabe que sou um bom marido. Se isso chateia você, não faço mais. Não faço mais, tá ouvindo? Está sendo bom conversar sobre isso, no fim das contas. Não faço mais...

– Ela sempre vem aqui?

– Olha como você inventa as coisas – ele falou, dando um pequeno soco no braço do sofá, três segundos depois de ter dito a frase. – Já fez um filme inteiro na sua cabeça. Já imaginou a mulher chegando aqui, entrando e pedindo um café, toda quarta-feira! Não falei nada disso, para de imaginar coisas. Foi a única vez que ela veio aqui – ele disse, olhando com força nos olhos dela.

– Ela tem telefone? Eu quero o número dela.

– Eu sei lá se ela tem telefone, ela não é minha namorada. Não é uma amante. É só uma puta!

Silêncio.

– Por que, Fernando? – ela perguntou, após alguns segundos, sem se interessar verdadeiramente pela resposta. Sabia que nada do que ele dissesse mudaria alguma coisa. E, mais do que isso, sabia que, no fim das contas, ele não diria nada. Nem para mudar, nem para continuar. E qualquer interpretação partiria dela, com as poucas ferramentas de que dispunha e com as hipóteses que se aglomeravam em sua cabeça, baseadas em pobres e dispersas informações.

Ela estava exausta.

Ele apenas olhava para baixo.

– Sabe – ela disse. – Eu sabia disso desde o dia da Kilt.

Ele rapidamente levantou a cabeça.

– Meu Deus, a Kilt, você não pode estar falando sério. Por favor, Júlia, para de inventar coisas. Temos um filho aí dentro. Acredita no que falo para você. Sua imaginação fértil ainda vai destruir tudo. Uma calcinha não prova nada. Não aconteceu nada.

Ela se levantou, pegou a bolsa e saiu, sem levar nenhuma roupa.

Ele ainda passou algum tempo no sofá, de onde saiu para jogar fora a calcinha e dar três murros na parede.

18.

Júlia estacionou em frente à casa dos pais, numa rua do arborizado bairro Jardim Social.

A primeira pessoa que viu foi o pai. Tinha prometido a si mesma não chorar em nenhum momento, mas uma lágrima caiu assim que foi abraçada por ele. Fátima vinha logo atrás.

– Que saudade, pai, olha, até me emocionei – Júlia disse, entre mais e mais abraços.

Na cozinha, conversaram animadamente, apesar do cansaço de Júlia, que só havia feito uma parada de São Paulo a Curitiba. Café, comentários sobre a gravidez, novidades banais. Fátima estava entusiasmada com a pequena horta que começara a cultivar, Carlos falava sobre a adega que tinha concluído.

– Quem diria que aquele espaço debaixo da escada poderia virar uma bela adega!

– Agora me conta que surpresa foi essa – disse Fátima.

– Não foi nada, me deu vontade de vir visitar vocês. Agora tenho tempo. Larguei meu emprego – respondeu Júlia. Ela sentiu um nó na garganta e sua saliva custou a ser engolida ao dizer a última frase.

– E o Fernando?

– O que tem o Fernando? Está lá, trabalhando, como sempre. Ele não poderia vir, nem que quisesse.

– Mas está tudo bem?

– Mãe! Eu não posso vir para cá de repente que você logo já imagina um monte de problemas? Está tudo bem.

– Quando você me ligou, estava com uma voz de choro.

– Vai ver eu tinha acabado de bater meu joelho em algum lugar – respondeu Júlia, levantando-se de repente e indo ao banheiro, onde fechou a porta, sentou-se na privada, apertou a cabeça com as mãos e desejou estar sozinha. Por que, afinal, tinha ido para lá, se não queria contar para sua família o que havia acontecido? O que tinha imaginado? Olhou-se no espelho, sentiu-se louca e imediatamente se repreendeu por se sentir assim, sem saber por que se repreendia. No fundo, sabia que era mais fácil sentir-se uma louca, morando na tangente dos acontecimentos, reagindo de modo incoerente e contraditório às circunstâncias, do que suportar o peso de ser uma pessoa racional. De ser capaz de ordenar claramente seus pensamentos, de poder falar o que pensa e agir de acordo com o que sente.

Batidas na porta do banheiro.

– Júlia?

– Já vou, mãe, um minuto.

Apertou a descarga, apesar de não ter usado o vaso sanitário, e voltou a se olhar. Ela não queria fugir, quando se observava no espelho. Mas não queria se refugiar na sua suposta loucura. Perdida, pairava sobre o campo dos indecisos.

Sentou-se de novo na privada, enxugando o rosto com as mãos. O que Fernando estaria fazendo naquele momento? Ele não sabia se ela estava num hotel. Se estava em outra cidade. Se estava morta. O que mais a angustiava era essa covardia disfarçada de insensibilidade a que ele sempre recorria nesses momentos. Toda vez que brigavam, ela se ressentia disso. O movimento final, de reconciliação, deveria partir dela. Ele diria que estava morrendo de saudade, que tinha sofrido nos últimos dias, mas o movimento final seria dela. Era como se ele não existisse, como se habitasse outra dimensão. Como se o ocorrido não tivesse ocorrido com ele. Por que ele era tão forte em algumas atitudes e tão fraco em outras? Ou ele era sempre fraco?

Saiu do banheiro decidida a deixar a briga em suspenso e a descansar em Curitiba, postergando suas decisões para quando voltasse. Queria esfriar a cabeça, pensar em seu filho e apenas sentir, deixando o raciocínio para depois. Mas, assim que viu os pais, agora sentados no grande sofá em L da sala, recomeçou a chorar.

– Vou pedir o desquite – disse, ela própria assustada com a eloquência da frase. – Não aguento mais.

E então ela se sentou, muito cansada, e se deixou abraçar.

Quando Fátima recebeu o telefonema de Júlia avisando que estava a caminho de Curitiba, sentiu-se aflita. Sabia que algo estava errado no casamento da filha desde que se hospedara no apartamento. Fernando estava mais distante do que nunca e Júlia, quando falava sobre o marido, abafava a agitação de seu olhar com frases artificialmente ponderadas. Ela não dizia o que pensava, apenas reproduzia um discurso pronto, que gostaria que fosse verdadeiro. Mas, não querendo se intrometer e, ao mesmo tempo, não querendo admitir a certeza de que havia algo errado, Fátima não disse nada. Agora, abraçando a filha, na sala, repreendeu a si mesma por não ter conversado sobre o assunto em São Paulo. Como se dependesse dela o desenrolar dos acontecimentos.

Carlos, por sua vez, se alegrou com a visita de Júlia. Talvez recebesse de volta, finalmente, a atenção que dera a ela nos últimos meses, com telefonemas cada vez mais espaçados. Tinha mágoa pelo pouco contato dispensado a ele, mas, ao mesmo tempo, consolava-se ao pensar que a filha, sempre muito sensível e vulnerável, parecia ter encontrado seu caminho. Ela tinha um bom emprego e tudo para crescer profissionalmente, mesmo com a gravidez, precipitada, na muda opinião dele – só tinha sido comunicado agora sobre a demissão. A experiência lhe dizia que, quando um filho se mudava de cidade e telefonava muito para os pais, não era tanto por saudade, mas sim porque passava por algum problema. Se sumiam, estavam bem. Se estavam mal, iam repentinamente a Curitiba. Agora, no sofá, ele se punia por ter se sentido feliz com a visita inesperada e por ter esquecido, por algumas horas, tudo o que tinha aprendido em relação à distância física e emocional dos filhos.

Ali, na sala, Carlos e Fátima não sabiam que dividiam o mesmo sentimento: a culpa. Ambos repreendiam silenciosamente a si mesmos e a filha por ela não ser feliz.

– Calma. É só uma briga de casal – disse Carlos, por fim.

– Não é, pai, eu...

– Filha – disse Fátima. – O casamento é uma escolha difícil. Você é sensível, romântica, idealiza a realidade como se ela fosse um conto de fadas. E casamento está longe de ser isso. Você é delicada, ingênua, começou a olhar para os rapazes quando todas as suas amigas já estavam no segundo ou terceiro namorico. – Fez uma pequena pausa e procurou concordância nos olhos de Carlos antes de prosseguir. – O Fernando, ao contrário, é pé no chão, fechado, tenso. É difícil conviver com alguém assim. Veja eu e seu pai.

E Júlia ouvia tudo, exausta e silenciosa, angustiada por ter feito as escolhas erradas pelo simples fato de não escolher. A vida toda. Desde criança. A vida fluía naturalmente para ela, e, até ficar adulta, isso nunca havia sido problema. Se sua mãe pedia que ela não fosse a uma festa e ela obedecia, fazia-o sem revolta: aproveitaria para acordar mais cedo e andar de bicicleta. Se gostava de um garoto de quem uma amiga já gostava, não havia tensão: nem ligava muito para os garotos, e havia tantos, não faria mal abrir mão daquele. Não via necessidade em se mudar para São Paulo, mas, se o pai estava providenciando tudo, se a faculdade era boa, para que discordar? Fernando não fazia seu tipo e, no fundo, ela sentia falta de ter alguém com quem conversar, mas, se ele tinha outras qualidades, por que reclamar?

– Estou cansada – disse Júlia, interrompendo a mãe, que tinha começado a analisar seu próprio casamento, seus obstáculos, suas conquistas. – Fernando fez sexo com uma garota de programa.

Silêncio.

– Não foi só uma vez. Não sei quantas, mas foram várias. Ele nega, mas eu sei que foi. E ele ia sempre a uma boate de striptease. Parece que lá tem um segundo andar, os homens levam as garotas e dormem com elas. E eu achei a calcinha dela, a calcinha da puta, eu peguei a calcinha dela no meu banheiro, pai. Foi na minha cama. Na cama minha e dele. E meu bebê? Eu tenho este bebê aqui... – ela disse, com a firmeza da voz cedendo progressivamente lugar ao choro.

Mais silêncio.

Carlos aproveitou quando as duas se abraçavam para ir até o quarto. O instinto o mandou pegar um avião para São Paulo e matar Fernando, não com um tiro, mas com lentas facadas. Um pensamento o guiou à cozinha e fez com que preparasse um chá, porque, diabos, ela é bonita, jovem e não merece estar sofrendo por causa de um canalha e, no mais, ela acabará tirando alguma lição disso e a vida é assim mesmo.

Os dias em Curitiba se passaram de maneira lenta e burocrática. Depois de comunicar aos pais que pediria a separação, cada pequeno gesto de Júlia parecia uma tarefa mais pesada do que ela conseguia suportar. Nos dois primeiros dias, sua decisão se manteve e lhe deu força para continuar levando os dias. Gradualmente, porém, a escolha foi perdendo força até ser substituída pelo medo. Quando percebeu que Fernando tinha passado a telefonar todo dia por volta das nove da manhã, seu medo brigava com um resto de esperança. Ele poderia mudar, não poderia?

Ele não tinha agido tão mal assim, tinha? Podia ser que não tivesse mesmo feito sexo com a garota da calcinha, afinal de contas.

Carlos e Fátima tentavam, a todo custo, fazer com que a decisão de Júlia não esmorecesse. Conversavam com ela de manhã, depois do almoço, no café da tarde, à noite. Voltar para Curitiba. Passar um tempo fora do país, quem sabe. Fazer aquela pós-graduação que eles tinham sugerido antes de ela ser contratada pelo banco. Ter o bebê em Curitiba. Os dois faziam questão o tempo todo de frisar o número gigantesco de opções que ela tinha. De tanto se preocuparem, esqueciam-se de que aquelas possibilidades eram angustiantes justamente por serem possibilidades e por representarem um número gigantesco.

Júlia apenas ouvia. Em alguns momentos, esperava ansiosa pelas palavras dos pais. Em outros, conversava sobre amenidades ou assistia à TV comendo algo que a mãe tinha acabado de preparar – um bolo, um pão fresco. Seu único pensamento constante era sobre como é bom ter uma família. Mal sabia ela que seus pais, ao dormir, pensavam em como dói ter um filho. Foi só por isso que, durante um rápido instante, Carlos recusou uma de suas mais fortes convicções e lembrou Júlia que ela tinha a opção de não ter o dela.

Quando, após dez dias em Curitiba, Júlia resolveu voltar para São Paulo, seus pais não entenderam. Para que voltar, se já não tinha mais emprego? Para se reconciliar com Fernando? Ela explicou que precisava pegar suas coisas, resolver onde ia morar, definir se voltaria a trabalhar. Sua mente girava ao se lembrar desses afazeres. Quando falava disso, fazia-o mecanicamente, como se não fosse ela. Quando chegasse em casa, faria exatamente o quê? Pegaria suas roupas? Ligaria para um advogado? Deixaria tudo lá, do jeito que estava, não telefonaria para ninguém e viajaria?

Seu pai se ofereceu para viajar com ela, depois sua mãe, depois os dois. Mas ela recusou. Percebia agora uma parte do sofrimento que os dois deixavam escapar e notava que sua tristeza, somada à deles, se potencializava. Não queria mais ver aqueles olhares. Não sabia o que queria, mas não era aquilo.

Quando finalmente estacionou na garagem do seu prédio exausta, às seis da tarde de um domingo, sua pressão estava 10 por 6. Continuou sentada por um tempo no carro, fechou os olhos, suspirou e decidiu subir.

Ela abriu a porta de casa. Queria pegar algumas roupas, comunicar o desquite a Fernando e dizer que estava decidida a ter o filho, mesmo separados. Ele, que assistia à TV, foi até ela e a abraçou.

– Eu senti tanta saudade – disse ele. – Você me desculpa? Diga que está disposta a me desculpar.

Silêncio.

– Olha quantos maços – ele disse, levando-a até o lixo da cozinha. – Não consigo parar de fumar desde que você foi embora. Eu estou mal, Júlia – ele continuou, com os olhos úmidos e brilhantes. – Até chorei.

De fato, ele tinha fumado bastante e chegou a chorar em um instante de desespero, um pouco por Júlia, um pouco pela saliência esbranquiçada que não sumia de seu queixo, um pouco por uma massa disforme de tristeza que não sabia classificar. Chegou a sonhar que uma porção de saliências esbranquiçadas tinha invadido seu rosto inteiro e acordou sobressaltado no meio da noite, correndo para o espelho em seguida. Não tinha coragem de marcar uma consulta com um médico e tentava não pensar nisso, mas não conseguia. Descansava quando esquecia o insistente relevo, geralmente em frente à TV ou se exercitando na academia. Mas, quando lembrava, perdia o fôlego, sentia o coração batendo rápido, tinha falta de ar.

– Você chorou?

– Chorei. No escritório – ele mentiu. – Pergunte à secretária, ela viu – ele disse, voltando para a sala e lhe estendendo o telefone. – Pergunta, eu chorei na minha sala, chorei. Todos queriam saber o que eu tinha.

Ela não fez nenhum gesto quando ele lhe estendeu o aparelho e, por fim, as mãos dele recuaram. Ela apenas olhava para a parede.

– Você vai me abandonar, Júlia?

– Vou. Foi pra isso que vim aqui – respondeu ela, decepcionada ao ver que tinha deixado escapar duas lágrimas.

– Para com isso. Por favor.

Silêncio.

– Dorme aqui hoje, Júlia. Vamos recuperar nosso casamento. Vamos ter nosso filho, dar uma família estruturada a ele. Você não pode agir assim. Não pode abandonar nossa família.

Mais silêncio.

– Por favor. Estou pedindo. Você não sabe o quanto amo você. Eu erro porque sou idiota, não porque não te ame. Sou um otário. Não me abandone de novo, por favor.

Ela resolveu dormir lá. Ele pegou no sono primeiro. Ela olhou para seu rosto cansado. Ele já tinha se desculpado antes, mas nunca daquele jeito.

No dia seguinte, Fernando acordou cedo, foi à padaria e comprou pães, frios, leite e bolo de laranja, que Júlia adorava. Arrumou a mesa da sala, onde também colocou o jornal. Quando ela saiu do quarto, já vestida, emocionou-se com a visão da mesa posta, com o marido sentado, lendo. Sentiu-se triste ao entender quão profunda era sua saudade de tudo aquilo.

– Estou te achando tão abatido – ela comentou. – Você está até com olheiras.

– Estou abatido. Senti sua falta.

Ela sorriu. Ele parecia forte, mas era tão indefeso.

– O que é isso no seu queixo? – ela perguntou, depois de algum tempo.

– Isso o quê?

– É uma verruguinha – ela disse, acariciando a saliência. Ele recuou. – Você vai ter de fazer uma cauterização, provavelmente. Eu marco para você.

Ele sentiu um nó na garganta e tentou se controlar. Que droga, por que aquilo tinha aparecido? E se, nos próximos meses, fosse invadido por dezenas daquilo, como no seu sonho? Aquilo não sairia com a cauterização. Tinha certeza: não sairia com a cauterização.

Júlia comeu mais um pouco e conversou sobre amenidades.

Quando observou Fernando tomando um copo de suco, ela percebeu que não iria se desquitar. Que não tinha forças para isso. Que, para ser livre, precisaria suportar uma solidão que, agora que ela tinha se acostumado ao casamento e que teria um filho, lhe era insuportável. Que a vida sozinha só existia na imaginação dela. Que, se fosse Fernando a tomar a decisão de sair de casa, ela não permitiria. Pelo contrário. Choraria, se dispondo a fazer qualquer coisa que ele quisesse, desde que ele ficasse. Desde que não a deixasse só. Sem emprego e praticamente sem amigos, ela se sentia acuada. Estava longe dos pais e, ao mesmo tempo, não via sentido em voltar a morar perto deles: voltar para Curitiba não seria voltar ao passado. Fernando e seu filho eram seu mundo.

Ao tomar consciência de que não se separaria, ela primeiro sentiu vergonha por aquela dependência emocional de Fernando. Como tinha permitido que isso acontecesse? Em que ponto de sua trajetória ela soltou de vez as rédeas da sua vida, que já estavam bambas havia muito tempo? Logo em seguida, ofuscou esse autoconstrangimento com a segurança que sentimos ao perceber com clareza o que se passa dentro de nós, mesmo se esse conteúdo nos desagrada. Dando nome às emoções que se embaralhavam em seu interior, Júlia via que cara elas tinham. E podia partir daí para fazer alguma coisa.

– Eu só fico se você fizer análise – ela disse, por fim.

Ele a olhou como se não tivesse entendido uma palavra do que tinha ouvido. Como ela não repetiu a frase, ele se viu obrigado a fazer algum comentário. Mas não sabia qual. Sentiu-se confuso.

– Eu não acredito em análise – respondeu após uma pausa. – Você sabe que eu não acredito. E é uma coisa para gente doida. Gente que tem problema.

– Ou você faz, ou eu me separo de você – ela disse, levantando-se da mesa, em um movimento calculado para criar impacto no interlocutor. O formato de ultimato da frase, com dois "ou", o gesto brusco de se levantar, o olhar forjado de desprezo e segurança: ela estava consciente de seus movimentos, porque sabia que só ela tinha certeza de que a separação não se consumaria. Ele apenas desconfiava que ela não tivesse coragem para tanto.

– Faço qualquer coisa para você ficar – ele respondeu. A verdade é que, durante os dias longe de Júlia, desconfiou que se sentiria sem chão com uma partida definitiva dela. Sentia-se sozinho tendo-a ao seu lado, mas poderia se sentir completamente sem rumo sem a presença dela. Não sabia e não perdia tempo tentando descobrir. Não se questionava a respeito do que sentia por ela, e suspeitava que não estivesse se envolvendo com a ideia de ser pai, embora não refletisse sobre o assunto e, ao mesmo tempo, sempre tivesse se imaginado no papel de pai de família. Era o que queria, no início: ter uma esposa e dois filhos, não era? Uma vida normal. Mas, em algum momento, seus planos tinham desandado, e ele se sentia cada vez mais distante do ideal de uma família harmônica. Da família que tinha imaginado: se não feliz, correta. Correção. Era isso o que queria? Mas a que preço? Empenhava-se em não pensar demais, mas era inegável que percebia, de alguma forma, que algo estava se perdendo. Naquele momento, sentado à mesa e olhando para Júlia, seus dois últimos anos passaram rapidamente pela sua cabeça, em flashes. Até o episódio com Henrique, no primeiro ano do casamento, estava se saindo bem. Tudo estava dentro dos eixos. Merda. Se Júlia tivesse engravidado naquela época, pelo menos... Merda, merda.

– Você quer que eu faça análise? Eu faço – ele disse, por fim.

Ela se sentou de novo, orgulhosa de si mesma.

– Eu vou escolher o especialista, Fernando – ela disse. – Quero que você vá descobrir o porquê de ter me traído com uma garota de programa. Quero que você fale das dançarinas, das fitas. Quero que você descubra as causas do seu comportamento e que consiga parar com isso.

– Eu já parei.

– Não me importa que você tenha parado. Eu vou viver insegura, pensando se você não vai cair em tentação de novo – ela explicou em tom didático. – Além disso, não quero que a gente conviva com esse passado do nosso casamento como se fosse algo normal e aceitável. Não é normal nem aceitável você ter transado com uma prostituta quando sua mulher estava aqui, ao seu lado. Não é aceitável que passe semanas sem me procurar na cama e se satisfazendo com vídeos. Só vamos continuar juntos se você decidir ir a fundo nessa questão, entender por que agiu dessa forma.

Ele não disse nada. Apenas concordou com a cabeça. Por que agiu dessa forma. Como se desse para explicar.

– E é claro que, se eu descobrir qualquer deslize seu, Fernando, qualquer um...

Ele a interrompeu com um beijo.

Ela sorriu.

19.

Na terça-feira, Fernando desejou ver Júlia morta, mas ela não chegou a saber disso.

Ele chegou ao apartamento às dez da noite. Quando entrou no quarto, ela dormia. Ele a observou rapidamente e foi tomar banho. Seu dia tinha sido pesado e triste. Um funcionário acabava de ser admitido na empresa. Marcelo recebeu a função de coordenar uma equipe de 15 pessoas, entre elas Fernando, que, embora não admitisse a si mesmo, vinha esperando uma promoção nas últimas semanas: seu último projeto havia sido aprovado e julgava sua imagem boa perante os diretores. Marcelo era ágil, exigente e irritante. Desde o primeiro momento em que o viu, Fernando odiou tudo nele. O jeito como arrumava a gravata. O modo como andava. O tom de voz. Pouco depois das seis da tarde, Marcelo bateu na porta de sua sala e disse que queria conversar ainda naquele dia. Precisava falar sobre o andamento de seus projetos, que passariam a ser supervisionados por ele. Fernando apenas concordou com a cabeça e disse que passaria na sala dele antes de ir embora, mas, uma hora depois, foi direto para o estacionamento. Dentro do carro, encostou a testa em cima do volante, levou as mãos ao painel e permaneceu nessa posição por quase trinta minutos. Dirigiu a esmo pela cidade sem ouvir nenhuma música. Chegou em casa, viu Júlia dormindo, abriu o chuveiro, sentiu a água batendo em seu corpo e se perguntou que sentido fazia tudo aquilo. Não queria se perder em reflexões, mas, naquele banho, enquanto as ideias se agitavam insolentes em sua cabeça, ele estava cansado demais para detê-las.

Saindo do banho, ele viu no espelho uma figura fraca, uma imagem feita de grânulos dispersos, levemente apagados. Sentiu vontade de chorar, mas se conteve. Enrolou uma toalha na cintura e se sentou na cama, ao lado de Júlia.

Ela estava bonita. Respirava alto e tinha o rosto cansado de uma criança que havia passado o dia brincando. Focou-se na barriga dela, ainda magra. Permaneceu por alguns minutos naquela posição, sem conseguir identificar o que passava dentro de si, quando sentiu que aquele vazio estava sendo preenchido por um ódio profundo. Era uma raiva que vinha de modo súbito e forte, de alguma região que não saberia explicar qual, se alguém o perguntasse. O que sairia de dentro daquela barriga? Levantou-se e ficou de pé em frente à cama. Por que não acabar com tudo ali mesmo? O que o impedia? Já tinha lido vários crimes desse tipo no jornal. Era tão fácil matar a esposa, o filho e a si mesmo. Uma questão de minutos. Por que não fazia isso? O que o impedia?

Caminhou até a sala, abriu a porta da varanda e olhou para fora buscando ar. Sentia-se zonzo. Na paisagem, carros, apartamentos iluminados e uma ou outra interrupção do silêncio o faziam perceber, mais uma vez, que de fato estava vivo e suas ações existiam realmente. Pensou em pular da janela e poupar Júlia, mas, depois, foi à cozinha, onde pegou uma faca e se questionou mais uma vez qual era o significado de tudo aquilo. De usar a faca, de não usá-la, de pensar, de não pensar, de dormir ou continuar acordado.

Com a faca na mão direita, foi para o quarto e sentou-se ao lado de Júlia. Quando uma estreita lágrima caiu de seu olho esquerdo, ele voltou à cozinha, guardou a faca, limpou o rosto e foi para a cama rapidamente, trêmulo, antes que outra escapasse, talvez maior e mais grossa do que a primeira, e antes que seu sono, sua exaustão e confusão mental permitissem que mais e mais pensamentos o obrigassem a refletir sobre coisas que lutava para ignorar.

Na manhã do dia seguinte, quando sentiu os beijos de Júlia em seu pescoço, afastou-a com tal repulsa que precisou se justificar em seguida, dizendo que passava mal. E passava: tinha acordado com seu coração batendo tão rápido que chegou a pensar que estivesse tendo um infarto.

– Não transamos há semanas, acho que tem mais de um mês – ela disse.

Ele não respondeu e foi ao banheiro colocando discretamente a mão no peito.

– Você me ouviu?

– O que você disse?

– Que a gente não transa há tempos. Você está com medo de machucar o bebê?

– Estou.

– Você está com essa impressão porque minha barriga já está aparecendo. Mas não precisa ter medo nem de machucar o bebê nem de me machucar. Vem cá.

– Júlia, eu não estou me sentindo muito bem. E preciso trabalhar.

Ela ouviu a água do chuveiro caindo e voltou a dormir.

20.

Quinta-feira.

Fernando entrou no apartamento às onze da noite. Tinha trabalhado até as dez. Não porque tinha muita coisa para fazer no escritório – o dia tinha sido relativamente tranquilo. Mas cinco colegas trabalharam até tarde e ele achou que, se não ficasse, poderia parecer que não dava duro como os outros. Estava cansado. De trabalhar e de mostrar que trabalhava, de ser competente e de mostrar sua competência. De não se alongar no horário de almoço, porque muitos nem chegavam a almoçar, e de tentar chegar mais cedo do que pelo menos metade dos funcionários do andar. Cada vez mais, percebia sua exaustão por ser colocado à prova.

Trancou a porta, jogou suas coisas sobre a mesa e só então notou que saíam luzes e barulhos do quarto. Júlia ainda não dormia. Ao lado da cama, ele tirou a camisa e os sapatos. Na TV, um filme qualquer.

– Como foi a terapia? – ela perguntou.

– Foi boa.

– Quer falar sobre isso?

– Não.

Ele tirou a calça e a cueca, e, logo depois de abrir a torneira do chuveiro, olhou-se no espelho, satisfeito. Estava com um ar exausto e olheiras, mas o que importava é que a questão da saliência havia sido resolvida na manhã do dia anterior, e até a vermelhidão local, consequência da cauterização, já tinha quase desaparecido. Havia chegado ao consultório da dermatologista tenso, com medo de ouvir perguntas e cobranças, mas, no fim das contas, o procedimento tinha sido bem simples. O plano, agora, era tentar diminuir o receio de outra verruga aparecer: havia sonhado com isso novamente.

– Você gostou do dr. Álvaro? – perguntou Júlia. Fernando já estava debaixo do chuveiro.

– Gostei.

– Ele é velho? Novo?

– Nem velho, nem novo... Posso tomar meu banho, Júlia?

Quarenta minutos depois, ele voltou para o quarto. Gostaria de ter ido à academia, mas já estava fechada quando chegou. Em todo caso, seu físico não estava mal. Passou algum tempo se observando de ângulos variados no espelho, certificou-se de que a verruga não estava mesmo lá e levou mais de meia hora procurando manchas e gânglios inexistentes, tirando pelos fora do lugar, fazendo a barba e cortando meticulosamente as unhas. Quando abriu a porta da suíte, viu Júlia deitada com os olhos abertos e a TV desligada.

– Eu sei que você não foi lá – ela disse. Sua voz tinha um tom firme e ela não chorava. Esperava isso, desde o princípio.

Ele permaneceu de pé, parado, em silêncio. Em parte por sentir certo constrangimento ao ter sido pego em sua mentira, em parte porque queria calcular com pouca margem de erro qual seria o argumento da sua próxima fala. Não conseguiu pensar em nada e esperou que ela dissesse alguma coisa. Ao fundo, silêncio total.

Na segunda-feira de manhã, em uma das raras vezes em que tomaram café juntos em um dia de semana, Júlia tinha dito que marcaria a consulta assim que o consultório abrisse e, então, ligaria para ele para que anotasse em sua agenda. Fernando concordou e continuaram tomando café sem voltar ao assunto. Por volta das dez horas, Júlia ligou para o consultório do dr. Álvaro. Tinha chegado até ele depois de ver seu nome em um jornal, havia quase um ano. A reportagem era sobre distúrbios sexuais e ela, na época, guardou o jornal sem saber muito bem por quê. A secretária do psiquiatra e psicanalista a alertou de que sua agenda estava lotada e que novos pacientes não seriam aceitos no momento, mas que havia uma lista de espera.

– Quanto é a consulta? – perguntou Júlia.

– 30 mil cruzeiros.

– Eu pago o dobro.

– Não é essa a questão – respondeu a secretária, desconcertada. Nunca haviam feito aquela proposta. – É que a agenda dele está realmente cheia.

– Posso falar com ele?

Após alguns minutos de conversa, a atendente disse que falaria com o médico e retornaria à tarde. Júlia almoçou um sanduíche e um copo de Coca sem gás enquanto assistia à TV no volume baixo sem prestar atenção no que via.

– Consegui um horário às oito da manhã, na quinta-feira – a secretária disse, assim que Júlia atendeu ao telefone. – O dr. Álvaro começa a atender às 9, mas abrirá uma exceção.

– Perfeito – ela disse, anotando o endereço no bloco ao lado do telefone. Em seguida, ligou para Fernando, avisando o horário e o lembrando de que não marcasse nada para quinta de manhã. Ele concordou.

Júlia passou terça e quarta-feira extremamente ansiosa.

Na quarta-feira à tarde, ouvia música e lia uma revista quando um pensamento lhe passou pela cabeça. Ela tentou expulsá-lo, mas foi em vão. Quando deu por si, já estava com o telefone na mão, ligando para o consultório.

– Estou com medo de que ele falte à consulta – disse, após se identificar para a secretária como a mulher do paciente de quinta de manhã. – Meu marido tem um sério problema e está com medo. Peço, por favor, que o dr. Álvaro o atenda em outro dia, caso ele falte.

– Eu ia ligar para a senhora daqui a pouco para confirmarmos a consulta – ela respondeu. – Ele vai poder comparecer ou não?

– Ele vai, a princípio. Mas pode ser que ele não vá, por medo. Veja bem, eu pago a consulta de qualquer maneira.

A secretária suspirou, impaciente e intrigada. O que o marido daquela mulher tinha?

– Vou deixar o dr. Álvaro de sobreaviso. Se seu marido não vier, marcamos para a quinta-feira que vem, no mesmo horário.

– Se ele não for amanhã, vai na quinta que vem, nem que eu o leve amarrado.

Na quinta, no horário do almoço, Júlia confirmou por telefone o que já esperava: ele não fora.

À noite, ao chegar, ele confirmou o que ela também já esperava: ele mentiria.

Quando se virou para o lado, assim que Fernando entrou no banho, ela fechou os olhos pensando quando sua vida havia se tornado uma sequência de previsões tristes.

– O dr. Álvaro é um senhor, tem entre cinquenta e sessenta anos – ela falou, vendo que Fernando não justificaria sua mentira e nem se aprofundaria nela. – Vou marcar na próxima quinta.

– Eu não acredito em análise. Não vai fazer diferença alguma fazer isso. Nós já estamos bem.

– Nós só estamos bem porque você concordou em fazer análise.

Ele coçou o nariz. Sentia-se exausto, mas ela sentia-se mais ainda.

– Bom, marca para quando você quiser – ele disse, deitando-se virado para o banheiro.

– Vou agendar para o mesmo horário. E, dessa vez, você vai.

E ela fechou os olhos, sentindo-se vencedora de uma pequena batalha.

21.

Quarta-feira.

Fernando desceu do carro, subiu o elevador da empresa e foi para sua sala. Estava bastante disposto: havia acordado cedo para correr, tinha tomado um longo banho e pretendia ir à academia à noite. O relógio na parede marcava oito e quinze e só havia ele no andar. Deu uma olhada na caixa de entrada de memorandos enquanto se lembrava, satisfeito, de que nunca mais veria Henrique. Isso não era motivo para se angustiar. Não, não. Era motivo de comemoração. Não importava o que tinha matado Henrique: só o queria longe. Nos últimos dias antes da internação, eles nem sequer se cumprimentavam. Antes de chegarem a esse ponto, Henrique tinha tentado alguma proximidade.

– Para de falar comigo como se tivéssemos alguma intimidade – Fernando disse, na ocasião. Henrique estava indo fumar e o chamou para ir junto.

– É intimidade querer conversar com você?

– É – ele respondeu, balançando as pernas.

– Você é meu único amigo, cara.

– Azar o seu.

Pausa.

– Eu ando me sentindo muito sozinho.

– E daí? O que você quer que eu faça?

– Você sempre foi babaca, mas, ultimamente, piorou. Por que será?

Aquela frase, "por que será?", ecoou na cabeça de Fernando de tal forma que, se ele não tivesse se lembrado que estava no trabalho, teria empurrado Henrique contra a parede e lhe dado um soco.

Agora, o relógio marcava nove horas e as pessoas começavam pouco a pouco a chegar. Fernando nem sequer imaginava o que lhe aconteceria por volta das cinco da tarde.

Foi tudo muito rápido. Quando recebeu o telefonema de Marcelo chamando-o para conversar em sua sala, tinha certeza de que seria cobrado a respeito de uma pesquisa encomendada pela matriz. Estavam estudando um reposicionamento da empresa no Brasil e os dados seriam usados para definir as novas estratégias a serem adotadas. Embora sentisse que o clima era de pressão e exigência por todos os lados, sabia que as vendas estavam subindo lentamente.

– Sente-se – disse Marcelo, apontando a cadeira à sua frente.
– Você sabe que estamos passando por um momento difícil – prosseguiu Marcelo.

O que ele sabia de momento difícil? Tinha acabado de chegar à empresa.

– Já foi pior.

– Sim, mas, de qualquer forma, não estamos bem. Você sabe, nossos resultados continuam bem abaixo da meta.

Fernando sentiu as mãos umedecerem enquanto Marcelo prosseguia com "nossos resultados", "nossas metas", "nossos objetivos". Eram dele também? Os resultados e tudo mais? Se eram dele também, por que sentia que seria deixado de lado? Quando tinham decidido? Quem decidiu? Haveria cortes, ele sabia que haveria cortes, mas por que ele?

– Infelizmente, Fernando, não sei como dizer, mas...

– Você sabe bem como dizer isso.

– Como é?

– Eu estou sendo demitido, não estou?

– Sim, esse é o ponto, eu terei de dispensá-lo.

– Por que "dispensá-lo"? Fala que nem homem, demitir. Você sempre quis fazer isso, sempre quis me demitir, desde que entrou aqui.

– Por favor, não torne as coisas mais difíceis.

– Desde que me viu pela primeira vez, não foi com a minha cara e quis me tirar. Fala que não é verdade?

– Não é uma questão de ter ido com sua cara ou não. É uma questão profissional. Você sabe melhor do que eu que não estamos em um período...

– Agora você disse uma coisa certa: eu sei melhor do que você. Sei, mesmo. Eu estou aqui há mais tempo e, se tem alguém nesta sala que pode dizer que não estamos em um período desse ou daquele jeito, sou eu – disse. – Por que você acha que encomendamos essa pesquisa? Eu vou lhe dizer por quê...

– Você não vai me dizer nada. Eu é que estou lhe dizendo. Depois daqui, você pode passar no departamento pessoal e...

– Eu sei o procedimento, meu caro. Eu passarei no departamento pessoal, me darão uma fichinha, uns papeizinhos, umas coisas de merda para eu assinar – disse Fernando, o rosto vermelho.

– Fernando, por favor, espero que você se acalme e entenda nossa situação.

– Para de falar que a situação é nossa! Não é nossa, porra, não é minha e nem sua! Para de fingir que você é o dono da situação.

Marcelo não respondeu nada. Continuou sentado, com o rosto branco, olhando aquele homem exaltado à sua frente. Embora assustado, sentia no seu íntimo cada fração do prazer por estar em uma posição superior a ele. Fernando transpirava raiva nos olhos, mas Marcelo via, no fundo daquele verniz, um medo de raízes tão firmes e arraigadas que nem o ódio mais intenso seria capaz de cobrir completamente.

– Peço que você se retire, por favor – disse Marcelo, em tom calmo e suave. – Foi um prazer trabalhar com você.

Fernando sentiu vontade de socá-lo quando ele pronunciou essa sua última frase, mas, sem saber muito bem como, se conteve.

Então ele saiu da sala, pegou um ou outro objeto em sua mesa, passou no departamento pessoal, entrou no carro e foi embora sem se despedir de ninguém.

Depois de um banho longo e praticamente sem pensamentos, deitou-se ao lado de Júlia sem falar nada. Sentiu que estava prestes a explodir quando ela o lembrou da consulta na manhã seguinte, mas se conteve, virou para o lado e dormiu.

22.

Era uma casa enorme na rua Conde de Porto Alegre, em Campo Belo. Na frente, flores bem cuidadas e uma escada branca que conduzia a uma porta da mesma cor. Uma pequena placa com letras cursivas anunciava: Clínica Pivotto. Dentro do carro, fumando um cigarro, Fernando observava. Consultou o relógio de pulso.

Ele terminou o cigarro, saiu do carro e olhou novamente o relógio. Respirou fundo e subiu as escadas brancas. Entrou. Nome, profissional com quem vai se consultar. Ele não sabia. A secretária, então, localizou num fichário pelo nome e horário o dr. Álvaro Pivotto e fez uma expressão de quem se lembra de alguma coisa. Ele evitou pensar no que tinha suscitado aquela reação. O médico ainda não havia chegado, e ela pediu que ele aguardasse.

– Antes, preencha essa ficha, por favor. – Fernando preencheu, sentou-se no sofá e pegou o jornal, mas não chegou a abri-lo.

Nunca tinha se consultado com um analista antes. Psiquiatra e psicanalista, segundo Júlia. O que ele perguntaria sobre sua vida? Com que frequência precisaria vir ao consultório? Por quanto tempo? Devolveu o jornal para a mesa de centro e acendeu um cigarro. Odiava a ideia de fazer terapia. Irritava-se só de pensar na possibilidade de alguém do trabalho descobrir que era naquele consultório que ele estava na quinta de manhã, e se reprimia por esquecer a todo momento que não havia mais "alguém do trabalho". Para onde iria depois da consulta? Suas pernas tremiam só de pensar nisso. Tinha um dia todo pela frente e não tinha ideia do que fazer com ele.

Afinal de contas, o que falaria ao tal dr. Álvaro? Não tinha nada para contar. Não achava que diploma nenhum dava a alguém capacidade para entender sua vida. Ali, no sofá, batendo o cigarro no cinzeiro à sua frente, algo lhe ocorreu: se Júlia estava com problemas no casamento, quem deveria se consultar era ela.

Deu uma longa tragada. Pelo que entendia por terapia, o médico perguntaria sobre sua infância. Sobre como ele cresceu. Como foi educado. Como eram seus pais. O que faziam. Fernando tentou buscar detalhes que há muito descansavam em algum espaço oculto de suas lembranças. Não tinha tempo para essas brincadeiras. Não sentia a menor vontade de contar nada que remetesse a qualquer tempo anterior a uma semana. Sem querer, lembrou-se do rosto de seu pai. Seu velho pai, que já tinha morrido havia o quê? Uma década? Tentou apagar a lembrança de sua cabeça e fixar seu olhar no jardim de inverno a alguns metros dele, separado da recepção por uma porta de vidro. Era inútil devanear.

Seu Ademir, como era conhecido, tinha dezessete anos quando saiu de Piracicaba sozinho, deixando pai, mãe e sete irmãos. Na cabeça de Fernando, ele sempre havia sido dono de loja, mas a verdade é que, quando se instalou em São Paulo, fez todo tipo de trabalho temporário que se pode imaginar: pintor de parede, ajudante de mecânico, servente de pedreiro, bombeiro hidráulico. Cinco anos depois de ter se mudado para a capital, tomava café no balcão de uma padaria no Brás, bairro onde trabalhava, quando Carlo puxou papo com ele.

Conheciam-se de vista. Carlo era dono de uma loja de roupas a poucos metros da pequena venda de tecidos onde Ademir exercia, havia alguns meses, a função de estoquista. Era um senhor de cerca de cinquenta anos, grisalho e barrigudo, cuja família, do norte da Itália, tinha se mudado com ele ainda criança para o Brasil. Moraram em Ribeirão Preto, no interior paulista. Havia nove anos que Carlo residia na capital, para onde fora com a mulher e as duas filhas pequenas. Gostou desde o início do jeito contido e calado de Ademir, algo entre discrição e mistério que não saberia especificar. Ademir nunca mencionava a família, evitava falar sobre sua cidade e alternava as frases com uma respiração alta e densa. Era educado, mais por constrangimento do que por qualquer outro motivo, ria sem mostrar os dentes e nunca interrompia seu interlocutor.

Passaram a conversar quando se cruzavam na rua e às vezes tomavam um café. Ademir ouvia as histórias de Carlo sobre a Itália e a família. Como ele tinha aberto a loja, conhecido a mulher, acompanhado as mudanças e o crescimento de São Paulo. Ademir sempre ouvia muito mais do que falava, o que foi o golpe decisivo para cativar Carlo. Nada espanta mais a solidão e o aborrecimento de ter tido uma vida comum do que um ouvinte interessado. Depois de um mês, Ademir estava trabalhando na loja de Carlo, primeiro como estoquista e depois como vendedor, sempre ficando até mais tarde e ajudando em tudo. Carlo tratava o funcionário como um filho e lhe ensinou tudo o que sabia sobre o ofício de comerciante. Como escolhia os tecidos, quem eram seus fornecedores, quem eram as costureiras terceirizadas que faziam as roupas, quais as peças já prontas que comprava, onde as comprava, como negociava melhores preços e prazos, como lidava com o proprietário do imóvel.

Após seis meses trabalhando na loja, Ademir começou a cogitar abrir seu próprio negócio. A cada dia, lhe era mais difícil permanecer no quarto-e-sala que alugava, onde o sol nunca batia e o carpete estava irremediavelmente empoeirado. Observando o movimento da loja e as conversas de Carlo com os fornecedores ao telefone, ajudando o dono a fechar o caixa: o pensamento de abrir um negócio e parar de trabalhar para os outros foi dominando de tal forma seus pensamentos que ele chegava a fingir, por alguns momentos, que a loja era dele. Divertia-se e aborrecia-se na mesma intensidade com seus devaneios, sempre muito breves, e voltava a fincar os pés no chão.

Havia três semanas que Carlo estava insatisfeito com o aumento do aluguel e usava essa insatisfação como pretexto para mudar sua loja para um ponto mais valorizado do Brás. Em uma terça-feira antes do almoço, já tendo acertado a mudança para dali a duas semanas, pediu um favor a Ademir: que entregasse o dinheiro do adiantamento de cinco aluguéis para o novo proprietário. Era o acordo que tinham feito para o locador corrigir problemas no encanamento, responsáveis pela infiltração que atingia o imóvel há meses. Ademir pegou a velha mochila marrom, de pano, que Carlo lhe entregou. "É para disfarçar. Ninguém vai pensar que aí dentro tem dinheiro" – disse ele, que lhe deu também um papel com o endereço do proprietário e o alertou que não demorasse muito, porque a mulher e as filhas viriam almoçar com o pai e precisava do empregado na loja.

Ademir pegou a mochila, entrou em um ônibus e Carlo nunca mais teve notícias dele.

Hospital.

Lurdes acordou e se assustou com o quarto vazio. Chamou a enfermeira; como não obteve resposta, gritou. Quando ela entrou no quarto, pediu que lhe trouxesse novamente o bebê. A funcionária sorriu e, alguns minutos depois, entrava segurando um manto azul, de onde se via uma pequena cabeça rosada, com o cabelo muito preto. Lurdes tomou o menino nos braços e perguntou se tinha recebido visitas.

– Ainda não – a enfermeira respondeu.

A mãe passou mais algum tempo com a criança e pediu que a levasse de novo. Fechou os olhos e os abriu quatro horas depois, quando Ademir chegou.

– Nasceu saudável? – ele perguntou.

– Sim, graças a Deus. Está tudo bem – ela respondeu. – Por que você não veio antes?

– Se eu pudesse vir antes, teria vindo antes. Você sabe que não tenho ninguém para deixar na loja. Onde está ele?

Quando o bebê foi trazido, Ademir o observou, curioso, mas não se arriscou a pegá-lo no colo. Gesticulou para que a enfermeira o entregasse à mãe e perguntou se ela já podia ir para casa. Após o médico examinar Lurdes, ela estava liberada e os três foram embora em silêncio.

Fernando tinha quatro anos quando viu pela primeira vez o pai batendo na mãe.

Era um domingo e Lurdes cozinhava enquanto Ademir ouvia um jogo no rádio, tomando cachaça. Fernando brincava no chão com seus carrinhos.

Quando os pais de Lurdes chegaram para o almoço, conversaram por algum tempo, antes de se sentarem à mesa de quatro lugares, completada com um banquinho da mesa da cozinha. Lurdes trouxe, orgulhosa, a feijoada que passara a manhã fazendo. Conversas, comida, bebida. Em determinado momento, o pai de Lurdes perguntou pelo cachorro da família, um labrador cruzado com vira-lata.

– Demos para os outros – ela respondeu, de maneira trivial, enquanto servia para os convidados a salada de frutas.

– Deram o Didi! – disse a mãe de Lurdes, Rosângela.

– Ele fazia muita bagunça, mãe – Lurdes continuou, agora distribuindo as colheres. – Rasgou o sofá da sala, olha ali, está vendo aquela parte de baixo? E vivia atacando os sapatos do Ademir. Era um prejuízo atrás do outro. E já não é barato ter um cachorro. Comia tanto que só vendo! E não podia ser qualquer comida não, que ele passava mal. Repensamos e vimos que não temos condição de manter um cachorro.

Rosângela concordou e, em seguida, já conversavam sobre outra coisa.

"Não temos condição de manter um cachorro." Mesmo durante outros assuntos, a frase ecoava fundo na cabeça de Ademir. "Repensamos e vimos que não temos condição de manter um cachorro." Quando Lurdes a pronunciou, ele sentiu a força de uma pedrada na cabeça. Não sabia para onde olhava. Não sabia o que dizia. Enquanto ela concluía o assunto, o sogro o olhou e ele não sabia se concordava, discordava ou ignorava o comentário. Sentiu a pedra se partindo em sua nuca e, ao mesmo tempo, seu rosto se queimando. Absorveu lenta e dolorosamente cada termo daquela sentença. As palavras não, manter e cachorro dançavam em sua mente enquanto ele sentia a pedra e o ardor.

Lurdes foi preparar um café. Os outros, sentados no sofá, tomavam cachaça. Fernando brincava no chão.

Mais conversas. Mais risadas. Mais bebida.

Ademir ria, falava e ouvia automaticamente, as três palavras ainda bailando dentro de si. Evitava olhar para Lurdes: naquele momento, cada parte dela lhe era uma afronta. Os olhos castanhos, levemente caídos. Os peitos e braços que pulavam do vestido largo estampado de flores amarelas. A maneira como ela ria, puxando uma grossa camada de ar e gerando um barulho alto após cada risada. A forma como se sentava, como passava a mão na cabeça de Fernando, como perguntava se o pai queria café.

Quando os pais de Lurdes se despediram, entre sorrisos e promessas de voltarem logo, a raiva e a vergonha de Ademir acomodavam-se dentro dele como um jato de ar comprimido. O menor movimento liberaria aquele conteúdo.

E o movimento foi a maneira como Lurdes trancou a porta, rindo de ter deixado a chave cair ao girá-la. Ela se agachou e, ao se levantar, levou alguns segundos para entender e absorver o golpe vindo não se sabia de onde que atingia em cheio a sua cabeça. Ela caiu no chão e viu um Ademir enfurecido lhe dando um empurrão, um tapa pesado no rosto e finalmente um soco no olho esquerdo. Foi nessa hora que ela desmaiou. Fernando, no começo, pensou que se tratava de uma brincadeira. Um hábito dos pais que ele ainda não conhecia, uma surpresa estranha sem explicação no começo, mas que certamente tinha alguma razão. Durante a agressão, ele permaneceu sentado, observando a cena, mudo. Quando o pai saiu de casa e a mãe continuou deitada, Fernando estava calado, mas agora chorando. Quando aquela brincadeira iria acabar?

Após alguns minutos, Lurdes recuperou os sentidos e tentou recapitular, ainda deitada, os últimos acontecimentos. Já havia sido objeto da fúria do marido uma vez, quando recebeu chutes e tapas após ter feito uma compra não autorizada por ele. Quando soube da aquisição, de manhã, ele não disse nada, mas, no mesmo dia, à noite, voltou para casa bêbado e a espancou. Fernando dormia e não chegou a presenciar a cena.

Agora, sentindo seu corpo e dando forma ao seu redor novamente, o primeiro pensamento dela foi a percepção amarga de que seu filho tinha visto tudo. Sem olhar para o rosto dele, que chorava, ela pensou no que dizer e, por fim, não disse nada. Levantou-se, recolheu os brinquedos e perguntou a Fernando se ele não queria ouvir rádio. Ligou o aparelho, sentou o filho no sofá e se trancou no banheiro, onde ficou analisando os ferimentos, fazendo curativos, chorando e tentando se lembrar do que tinha feito de errado.

Quando Ademir voltou para casa, à noite, encontrou a mulher costurando, no quarto, e o filho já dormindo. Os olhos dele se voltaram para a blusa que ela segurava e, em seguida, para o hematoma no seu rosto.

– Eu só queria que você, quando faz essas coisas, pensasse no seu filho – ela disse ao perceber que ele estava trocando de roupa para se deitar e que não comentaria nada. – Você precisava ver como ele ficou – ela disse, mentindo. Não havia reparado no filho. Todo o seu dia, desde o momento da agressão, foi envolto em uma camada de neblina que a impedia de reparar se o comportamento dele estava dentro ou fora do normal.

– O Fernando é uma criança. Amanhã já esqueceu.

– Não é assim. Essas coisas ficam.

Ele se sentou na cama.

– Eu queria que você dissesse o que eu fiz – ela disse. – Nosso domingo estava tão bom. Eu...

– Não quero falar sobre isso. Não me deixa nervoso de novo, estou tentando parar de pensar nisso.

– Mas o que eu fiz, Ademir?

O rosto dele agora estava vermelho e os músculos contraídos. Como exprimir o que ele havia sentido quando as três palavras dançavam em sua cabeça? Por saber que não conseguiria, não quis chegar a tentar. E, quando ela pediu para que ele o fizesse, sentiu uma raiva e um desespero tão grande que teve vontade de sumir ou sair correndo, o que viesse primeiro. Não queria bater nela de novo. Mas não estava disposto a acordar suas angústias acumuladas ao longo de uma vida e descobrir nelas cada palavra escondida.

– Nunca mais – ele disse, após vacilar por alguns instantes. – Nunca mais me humilhe na frente da sua família ou de quem quer que seja.

Ela recebeu aquelas frases com muitas dúvidas e um triste alívio. Ele apagou a luz e se deitou. Ela só dormiu às três da manhã, exausta, após recordar cada momento de sua manhã – as conversas com sua família, a salada de frutas, Fernando.

Na segunda-feira à noite, após voltar da loja, Ademir encontrou a mulher fazendo o jantar e cozinhando o feijão para o dia seguinte. No chão, Fernando brincava com algumas latas. Diferentemente do que costumava fazer, ele não olhou para o pai quando ele abriu a porta, nem disse nada. Ademir cumprimentou o filho e a mulher de longe e foi tomar banho. Quando voltou, mulher e filho ainda estavam ocupados nos mesmos mundos com as mesmas tarefas.

– O que você fez hoje? – Ademir perguntou a Fernando, sentando-se no sofá. Ele não respondeu. – Estou perguntando o que você fez hoje, Fernando – ele repetiu, agora com a voz mais grave. Lurdes ouviu da cozinha e virou-se para a sala.

– Nada – o menino respondeu, com a cabeça baixa.

– Venha aqui – disse Ademir, levantando-se e andando em direção ao quarto. Fernando permaneceu sentado na sala.

– Seu pai está chamando. Vai lá – disse Lurdes.

Fernando olhou para a mãe, levantou-se e foi para o quarto. Ademir fechou a porta.

– Senta aqui do meu lado.

Fernando se sentou do outro lado da cama, olhando para o chão.

– Eu sei que você está chateado com o que viu ontem.

Silêncio.

– Você me viu machucando a sua mãe e está triste por causa disso.

Fernando agora chorava.

– Para de chorar. Anda, para de chorar! Onde já se viu isso? Homem não chora. Enxuga esses olhos. Isso. Agora, olha para mim. Presta atenção. Você acha que seu pai é malvado? Quantas vezes você já me viu fazendo uma coisa dessas? Você acha que tem alguém no mundo que quer mais o seu bem e o da sua mãe do que eu?

Fernando olhou para o pai sem conseguir raciocinar. Estava confuso, mas olhava como se acompanhasse sua lógica. No fundo, queria entender o que se passava e estava disposto a apreender a realidade de maneira diferente da que tinha lhe sido imposta no dia anterior.

– Que malfeitor é esse que passa o dia fora dando o sangue por essa família? Seu pai trabalha o dia todo porque quer dar o melhor para você e para sua mãe. Se não fosse por vocês dois, eu não passaria o dia todo naquela loja. Você já foi à loja, não foi? Não sabe o trabalhão que me dá o dia inteiro? Não sabe a dor de cabeça que me dá, o tanto de coisa para resolver, a preocupação em não vender, em não conseguir sustentar vocês dois?

Fernando concordou com a cabeça.

– Quero que você termine a escola antes de começar a trabalhar. Quero que sua mãe compre as roupas que ela gosta, deixe a casa sempre ajeitadinha e possa passear comigo para os lugares que ela quer conhecer. Cuido para que nunca falte nada aqui em casa. Você sabe disso, não sabe?

Pausa. Um suspiro.

– Eu jamais levantei a mão para você, levantei?

Fernando balançou a cabeça negativamente. O pai já tinha, sim, levantado a mão para ele algumas vezes, mas preferiu concordar.

– Se eu não levanto a mão para você, que é criança e precisa apanhar às vezes para aprender, imagina se eu ia levantar para a sua mãe. Só se acontecesse uma coisa muito, muito grave mesmo, não acha?

Fernando agora apenas o olhava.

– Ontem sua mãe errou. Não tive outra opção. Se eu não tivesse levantado a mão para ela, sabe o que ia acontecer? Ela ia repetir o erro, repetir e, um dia, ia ser tarde demais para ser corrigida. Aí, não ia ter mais jeito. Você entende isso?

– Entendo.

– A mulher é o mais importante de um lar. Você nunca me viu desrespeitando sua mãe. Faça o mesmo. Respeite sua mãe. Você só viu ontem o que viu porque eu pensei numa coisa maior. Às vezes, a gente precisa fazer uma coisa que não gosta para que as coisas que a gente gosta aconteçam. Sua mãe ficou triste, mas não vai fazer mais o que fez e assim tudo agora voltou ao normal, entendeu?

Os olhos de Fernando brilharam ao ouvir essa última frase: "Tudo agora voltou ao normal".

– Agora vou te contar um segredo – Ademir disse, se

aproximando do filho e abaixando o volume da voz. – Não conta isso para sua mãe, porque senão ela vai ficar brava. Mas a gente tem de tomar muito cuidado com mulher. Elas são boazinhas, carinhosas, mas, quando a gente vê, elas estão no comando da situação. Você consegue entender isso? Se a gente deixa, meu filho, aí não tem mais jeito. Você tem de se lembrar sempre de que você é homem e tem o controle das coisas. Tem de saber dar limite pra elas, senão não tem mais salvação. Mulher é a coisa mais linda do mundo, mas não sabe o que faz. Elas precisam da gente. Senão...

E Ademir deu um sorriso, levantando as sobrancelhas. Fernando correspondeu o gesto. Não sabia se tinha entendido direito, mas sentia orgulho daquele momento de cumplicidade com o pai.

– Agora chega disso, que já está parecendo essas novelas de rádio. Vai pra sala – disse Ademir.

Fernando obedeceu, correndo.

Minutos depois, o jantar estava servido e os três comiam, calados, na mesa da sala.

Fernando abria o maço para pegar o quinto cigarro do dia, o terceiro que fumava desde que chegara à clínica, quando a secretária o chamou.

– O dr. Álvaro o aguarda na sala. Venha por aqui, por favor.

Seu rosto empalideceu em questão de segundos. Guardou o maço no bolso e esfregou as mãos. O que falaria? O que deixaria de falar? Para que adiantaria tudo aquilo, afinal? Olhou o relógio de pulso, tomou ar e continuou seguindo a secretária até parar na frente a uma sala onde um senhor o aguardava em pé.

– Bom dia, Fernando, meu nome é Álvaro – disse, com voz firme e jovial, apertando sua mão e o convidando a entrar na sala. Olhando para baixo e sem dizer nada, ele entrou.

Era uma sala espaçosa, com uma mesa de madeira com uma máquina de escrever, um telefone, um vaso com uma flor solitária e alguns papéis em cima. Um papel bege cobria até a metade as paredes verdes, que tinha rodapés brancos embaixo e lambris no centro. Alguns quadros, alguns diplomas, uma estante com vários livros, duas cadeiras, um divã e uma poltrona.

– Sente-se, por favor.

Fernando se acomodou na cadeira em frente à mesa, mas o dr. Álvaro indicou a poltrona, alegando ser mais confortável. Após se sentar cautelosamente no estofado vinho, olhou para o médico, mirando qualquer ponto entre seu nariz e sua orelha que não abrangesse os olhos, e disse:

– Não vou falar sobre a minha infância.

Dr. Álvaro se sentou na cadeira de frente para a poltrona. Entre ele e Fernando, apenas o pequeno tapete.

– Sei que é o que você espera que eu faça aqui, mas não farei – ele continuou. – Não vou falar nada sobre a minha família ou como fui criado. Acho besteira falar sobre essas coisas.

– Certo – disse dr. Álvaro. – Você disse que é o que eu espero que você faça aqui. Falar sobre a sua infância. E o que *você* espera fazer aqui?

Fernando observou seus olhos. Eram azuis e grandes. A barba branca lhe dava um ar quase caricato da figura de um analista. Ficou pensando que profissão aquele homem pareceria ter, se o visse na rua. Analista, certamente.

– O que você espera desta consulta? Por que veio até aqui?

– Porque minha mulher me obrigou – ele respondeu, após uma breve pausa, e se assustou pelo modo como as palavras saíram. – Fizemos um trato. Ela disse que, se eu não viesse, pediria o desquite. Eu vim.

Silêncio.

– Olha, eu não sei o que espero desta consulta. Não sei nem o que a Júlia espera. Não sei por que ela teve essa ideia.

– Júlia é sua mulher?

– É, o nome dela é Júlia.

O dr. Álvaro balançou a cabeça afirmativamente e Fernando acendeu um cigarro.

– Você já fez terapia?

– Não.

– Sabe como funciona?

– Sei.

Silêncio.

– Sei como funciona, mas não acho que se aplica a mim.

– Você chegou a perguntar a Júlia por que ela impôs essa condição a você? Que você fizesse terapia?

Pausa.

– Não.

– Você desconfia do motivo?

– Não – respondeu Fernando, balançando a perna esquerda em movimentos rápidos.

– O que ela disse quando pediu a você que viesse aqui?

– Não lembro... talvez estivéssemos tendo uma discussão.

– Então foi durante uma discussão.

– Foi.

As duas pernas de Fernando se mexiam.

– Qual foi o motivo dessa discussão?

– Foi... – Fernando respondeu, focando-se na tela à sua frente – uma réplica do *Retrato de Adele Bloch-Bauer*, de Klimt. Olhou para a imagem. Nunca tinha entendido muito de arte. Os quadros de seu apartamento haviam sido escolhidos por Júlia e não o afetavam de nenhuma maneira. Fixou-se num ponto qualquer da tela.

– Foi... – disse dr. Álvaro.

– Hã?

– Você estava me falando sobre o motivo da discussão.

– Você quer mesmo saber o motivo? Júlia encontrou uma calcinha no armário do banheiro.

– Uma calcinha?

– É, uma calcinha... dela que não era, claro que não... uma calcinha de uma garota de programa – ele disse, mantendo distância de sua fala, como se sua voz não lhe fosse familiar. – Olha – continuou, irritado com o silêncio que se manifestou após sua última frase. Ele via pretensão e ao mesmo tempo indiferença nos olhos azuis e grandes de dr. Álvaro, o que o deixava ainda mais nervoso. Parou de mexer a perna e sentiu vontade de jogar todos os móveis daquele consultório pela janela. – Eu vim aqui porque minha mulher viu que eu estava trepando com garotas de programa. E ela não viu nem metade do que eu faço. E essas consultas não vão me levar a lugar nenhum. Sabe por quê?

– Por quê?

– Porque eu decidi que vou contaminar as pessoas.

– Contaminar as pessoas?

– Eu tenho AIDS, cara – ele disse, se levantando. – Você já ouviu falar disso. Todo mundo já ouviu. Eu estou morto. Você está olhando um cara que tem uma sentença de morte. Eu tenho AIDS e o que vai adiantar fazer terapia? Você vai me curar, por acaso? Qual é a utilidade de ficar aqui de papo com você?

– Sente-se, por favor.

– Eu vou me vingar de todas essas pessoas estúpidas.

– Que pessoas estúpidas? – perguntou dr. Álvaro, olhando para os lados, procurando água para disfarçar sua tensão.

– Essas pessoas estúpidas, qualquer uma – disse Fernando. – Ninguém está nem aí para você. Todo mundo só pensa em si mesmo e por isso tudo está essa merda.

– Tudo o quê?

– Você sabe muito bem do que estou falando. Tudo. As relações entre as pessoas, a família, os filhos, a política, esses filhas da puta da política. Tudo está uma merda e ninguém está nem aí para ninguém. Por que vou me preocupar com os outros? Alguém se preocupou comigo quando me passou isso?

– Você está muito nervoso.

– É claro que estou nervoso. Você também estaria se estivesse no meu lugar. Eu te digo uma coisa: eu não vou deixar as coisas assim. Eu vou contaminar as pessoas com essa merda e já comecei a fazer isso. Vou continuar fazendo e nada vai me tirar isso da cabeça.

– Você já começou a fazer isso?

– Já! A começar pela Sandra, pela própria Júlia, por todo mundo.

– Quem é Sandra?

– Você acha que a Júlia é uma coitada, que ela é boazinha. Já pensou na possibilidade de ela ter me contaminado? Eu não me assusto nada se isso acontecer, você acha que me assusto com alguma coisa? Nada é chocante para mim, nada. Se a Júlia me falar hoje que já dormiu com duzentos caras desde que a gente se casou, eu não me assusto. Eu não estou nem aí, porque eu já sabia. Eu olho à minha volta e só vejo lixo, lixo e superficialidade. Ninguém se importa com ninguém. Quero mais é que as pessoas se fodam.

Silêncio. Dr. Álvaro sentia a garganta seca enquanto olhava seu paciente e pensava no que falaria. Pegou um copo d´água e bebeu devagar. Tinha sido pego de surpresa. Quando a secretária disse que uma mulher havia marcado uma consulta para o marido, ele imaginou um típico cônjuge desinteressado. Distante na relação com os filhos, talvez. Grosseiro com a mulher quando contrariado. Algumas traições eventuais no passado, das quais se arrependia ao mesmo tempo em que nutria certo orgulho. Mas aquele homem sentado à sua frente não era só um marido distante. Era uma pessoa que, por algum motivo, ou, provavelmente, por vários, não tinha a mais vaga ideia de como lidar com seus medos, angústias e fraquezas. Estava permanentemente na defensiva e sua agressividade se potencializava quando ele percebia a chance e o poder de se vingar.

– Me fale mais sobre o seu casamento – pediu Álvaro, por fim.

– Não tenho nada para falar do meu casamento – respondeu Fernando, caminhando até a porta. – Essa consulta não adiantou nada. Estou indo embora.

– De fato, uma sessão não é suficiente. Fazer terapia é um processo. Proponho que você venha aqui três vezes por semana.

– Três vezes por semana! Você está louco. Você acha que tenho paciência para vir aqui três vezes por semana? Vou vir e falar de quê? Sem contar a grana! Quanto custa essa porra?

– Duas vezes por semana.

Por dois segundos, uma onda de esperança invadiu Fernando. Foi muito rápido: por dois segundos, era como se ele quisesse dar uma chance para a terapia. Era como se ele tivesse visto, em alta velocidade, uma oportunidade para falar de coisas que não sabia bem o que eram e para esvaziar algo que, de alguma maneira, fazia com que ele se sentisse entupido até o pescoço. Imaginou-se indo àquela casa duas vezes por semana, exprimindo coisas que ainda nem sabia o que eram. Talvez se sentisse melhor. Talvez resolvesse mudar algumas coisas em sua vida.

– Não vou vir aqui duas vezes por semana – decidiu, por fim. Estava parado em frente à porta e havia decidido colocar uma tonelada em cima daqueles dois segundos. Não havia cogitado levar a terapia a sério quando entrou no consultório. Estava lá obrigado. Não havia decidido levar aquilo a sério em momento algum, e não seria agora, por causa de dois segundos pretensiosos depois de um diálogo infrutífero, que mudaria de ideia. Ele nem sabia direito como era uma terapia, afinal de contas. E nem estava certo de querer mudar algo em sua vida. De querer andar num caminho obscuro, que não sabia aonde ia dar. – Nem duas, nem uma.

– Fernando – disse o dr. Álvaro, pacientemente – você é um homem inteligente.

– E daí?

– Você sabe que o que está fazendo não é o melhor modo de administrar os fatos. Não duvido que seja um crime.

– Ah! Um crime! E como você vai provar o que eu estou fazendo? Me diga.

– Em vez de provar o que você está fazendo, posso ajudá-lo a administrar melhor a dor que está sentindo.

– Mas que diferença isso vai fazer? O que eu ganho com isso?

– Você pode ter mais bem-estar mental. Perceber-se mais leve, sentir-se melhor na própria pele. Aprender a lidar com os conflitos que enfrenta, com a vida. Encarar suas sombras. Em suma, ter sua dor atenuada, sentir-se bem. Como você se sente a respeito de toda essa situação, Fernando?

– Como vou me sentir bem se estou doente? Você escutou essa parte?

– Você sabe, o vírus foi detectado na França, chama-se HIV. Pode ser que algumas pessoas tenham contato direto com ele e não estejam doentes. E fala-se de uma vacina. Tudo ainda é muito novo. Pode ser que sua mulher ainda não tenha sido contaminada. Pode ser que você viva por mais tempo do que pensa. E, mesmo que não acredite nisso, a questão que se coloca é: como você vai querer que o tempo de que dispõe, seja ele qual for, seja vivido? Você ainda pode repensar a maneira como vem lidando com tudo isso, investigar de onde vem sua raiva, reduzir seu sofrimento.

– Sabia que a minha mulher está grávida?

Pausa.

– Ficou chocado! Pois é, ela está grávida. E eu repito: estou pouco me fodendo para tudo isso – disse, abrindo a porta e saindo com passos largos e apressados.

Dr. Álvaro ainda ficou em pé por algum tempo antes de se sentar, tomar mais um copo d´água e perceber que estava zonzo. Olhou o relógio de parede. Talvez ainda houvesse tempo. Tempo de quê? Para quem? Passou cinco minutos imóvel, pensando no que faria, quando o telefone tocou. Era a secretária, avisando que o próximo paciente chegava. Uma mulher que se achava muito tímida e tinha problemas de socialização. Dr. Álvaro passou as mãos na testa suada, respirou fundo e falou que ela podia entrar.

23.

Júlia estava no quarto mês de gravidez. Apesar de ter passado os três primeiros meses mais cansada do que de costume, a gestação corria bem. Tinha voltado ao consultório da dra. Elisabeth, que solicitara vários exames.

Apesar de não admitir, seu ânimo em relação à gravidez diminuía continuamente. Quando se lembrava de que estava grávida, sentia um nó na garganta que não sabia explicar. Na verdade, seu ânimo em relação a todas as coisas esvanecia-se pouco a pouco desde que tinha pedido demissão. Acordava sem vontade de fazer nada e não tinha muita ideia de como empregar aquelas horas livres que vinham pela frente, que pareciam centenas.

Lembrava-se de que precisava fazer os exames e sentia um cansaço sem fim. Resolvia planejar a decoração do quarto do bebê e desistia. Passava o dia sozinha, pensando nos assuntos mais variados. Na maioria das vezes, esses pensamentos evoluíam para uma sensação angustiante, uma tristeza pontuda que ela não gostava de identificar. Vinha passando os dias dormindo e assistindo à TV. Na última semana, tinha decidido retomar um antigo hobby e se matriculou em um curso livre de fotografia. Frequentou as duas primeiras aulas e chegou a tirar algumas fotos no parque do Ibirapuera, mas resolveu faltar à terceira porque se sentia indisposta e nem se lembrou de ir à quarta. Os livros sobre o assunto, que comprou ao se inscrever no curso, repousavam no criado-mudo junto a uma revista feminina. No final da tarde, o horário em que se sentia mais aflita, esperava que o tempo passasse logo para que chegasse a hora de dormir. E a mesma coisa se dava no dia seguinte.

A relação com os pais estava novamente boa. Após algum tempo distanciados, eles respeitaram a decisão da filha de continuar com Fernando e passaram a falar com ela com a leveza hipócrita de quem não esqueceu uma situação nem vai esquecer, mas que, em prol da harmonia, decide viver como se tivesse esquecido.

Fernando só voltou ao consultório do dr. Pivotto uma vez. Mas não entrou. Ficou parado na porta e chegou a dar uma volta a pé pela redondeza, mas voltou para o carro e dirigiu até o centro. Estacionou na avenida São Luís em frente ao edifício onde trabalhava e ficou ali por quase quatro horas, observando o movimento de entra e sai do prédio. Na noite daquele dia, mentiu para Júlia, dizendo que a sessão havia sido boa. Na manhã do dia seguinte, confessou espontaneamente que não tinha ido. Tal sinceridade atingiu Júlia de modo tão inesperado que ela se sentiu desarmada quando ele disse, em seguida, que não poderia mais comparecer às sessões, por trazerem à tona episódios da infância que ele gostaria de esquecer. Ela se comoveu. Não sabia muito sobre a infância de Fernando. Quando se conheceram, ele disse que os pais já haviam morrido, não tinha irmãos e perdera o contato com o restante da família havia anos. Uma ou duas vezes, ela o incentivou a procurar os parentes, mas, no íntimo, apreciava a ideia de ser companheira de um homem solitário e carente, distante dos familiares e dos poucos amigos.

– Não me peça para voltar à terapia. Eu não vou mais decepcionar você, eu juro – ele disse, olhando nos olhos dela. Ela procurou e encontrou naquele olhar sentimentos concretos e legítimos e, então, concordou.

Dr. Álvaro chegou a telefonar para o apartamento duas vezes. Na primeira, não havia ninguém e ele preferiu não deixar recado na secretária eletrônica. Na segunda, uma sexta de manhã, Júlia tomava banho e Fernando atendeu.

– Com quem eu falo?

– Fernando.

– Fernando, aqui quem fala é seu analista.

Pausa.

– O que você quer?

– Você sabe o que eu quero.

– Não, não sei – respondeu Fernando, tentando perceber se ainda havia barulho vindo do chuveiro.

– Que você dê continuidade ao seu tratamento.

– Eu nunca me propus a fazer tratamento nenhum. Para de ligar para a minha casa – disse, desligando. O telefone tocou mais uma vez, mas ele não atendeu. No mesmo dia, solicitou à empresa de telefonia a troca de número da residência.

– Trotes – explicou a Júlia.

– Nunca recebi um.

– Eu já recebi vários.

Se o dr. Álvaro quisesse falar novamente com Fernando, não encontraria muita dificuldade. No cadastro da clínica, havia o endereço de todos os pacientes. Mas ele nunca chegou a fazê-lo.

24.

Apenas duas das catorze mesas do pub estavam ocupadas. Ao fundo, um rock muito baixo brigava com o barulho vindo da alameda Itu. *Now the king told the boogie men/"You have to let that raga drop"/The oil down the desert way/Has been shakin' to the top/*

The sheik he drove his cadillac/He went a' cruising' down the ville/ The muezzin was a' standing/On the radiator grille.

Fernando se sentou em uma mesa no canto, debaixo de uma grande janela. Levou algum tempo para perceber a presença do garçom, que segurava o cardápio de pé a poucos centímetros dele. Pediu um uísque sem saber se era o que desejava tomar e permaneceu por alguns minutos observando o movimento do lado de fora. Pessoas iam e voltavam em ritmos variados. Não havia lua e a noite estava escura e pesada. Trabalho de merda. Ainda não tinha contado a Júlia. Como contaria?

Eram oito e quinze da noite. Depois de fazer musculação e tomar banho na própria academia, coisa que detestava, ele almoçou em um restaurante no Itaim Bibi e pilotou sua moto a esmo por algumas horas, parando em um bar onde comprou cigarros e nos arredores da avenida Paulista, onde caminhou por mais de uma hora. Sempre focado no movimento das pessoas, no trânsito, na arquitetura, na mudança da cor do céu. No exterior. Não se voltava para si nem mesmo quando não sabia para onde olhar. Nesse caso, passava algum tempo concentrado no nada, quase como em uma meditação. Então, algo tragava novamente suas percepções para o mundo material – o semáforo vermelho, o esbarrão de alguém, um barulho que se destacava da massa homogênea de sons. E lá estava ele andando novamente, afetando e sendo afetado por seu entorno, até que, depois de descer a rua da Consolação, entrou no bar da alameda Itu.

Na segunda dose de uísque, reparou que em uma das duas mesas ocupadas uma mulher não parava de olhar para ele. Mariana, como descobriria logo. Ela bebia chope e usava uma blusa vermelha. Tinha os cabelos castanhos, na altura dos ombros, crespos, e o rosto pálido. Fernando se sentiu irritado e invadido quando, pela terceira vez, olhou para ela e reafirmou que estava sendo observado. O olhar daquela mulher não era um típico olhar de flerte. Era um olhar perdido que parecia quase triste. Quando tomou o resto do copo e tirou a carteira do bolso, sem saber ainda aonde iria, ela parou em frente à mesa dele.

– Não me convida para sentar?

– Nem tinha visto você aí.

– Está vendo agora. Posso sentar?

Ele não respondeu nada, mas guardou a carteira. Ela sentou.

– Meu nome é Mariana.

Fernando a observou rapidamente. Sua imagem não era repulsiva, mas também não era bela. Talvez uma ou outra parte se destacasse e pudesse até mesmo ser considerada acima do nível médio de beleza – a boca e os peitos, após um rápido exame. Mas, no conjunto, era normal e, por algum motivo, o irritava. Talvez pelos olhos grandes e tristes, talvez pela petulância de se aproximar dele tão bruscamente, sem medo.

– Não vai me dizer o seu nome?

– Fernando.

– O que você faz, Fernando?

Um péssimo momento para ouvir aquela pergunta.

– Trabalho.

– Objetivo, você. Trabalha em quê?

– Eu já estava de saída, na verdade – ele disse, após uma breve pausa. – Prazer – falou, levantando-se.

– Fica, Fernando.

Ele voltou a se sentar, mais por não saber o que faria após sair do bar do que por vontade de conversar com aquela desconhecida. Qual era o problema dela?

– Ficar para quê?

– Para que eu conheça você melhor.

Ele observou mais uma vez aquele rosto pálido. Ela era direta. Seria uma garota de programa? Esse pensamento lhe ocorreu duas vezes, mas não chegou a levá-lo adiante. Talvez ela estivesse apenas tendo uma noite tão vazia quanto a sua.

Ele chamou o garçom e pediu duas doses de uísque.

– Ah, você é casado... – ela disse, sorrindo após observar a aliança na mão esquerda dele. Ele apenas girou o anel com o polegar e o indicador da mão direita. – Eu também sou.

– Ah, é?

– É. Na verdade, mais ou menos. Moro com meu namorado, ele é desquitado. É como se eu fosse casada.

O garçom serviu a bebida. Fernando deu um gole longo e sentido. Marcelo. Trabalho. Queria sair dali, mas não sabia para onde. Queria que ele sumisse e Mariana também, mas não ao mesmo tempo e não para o mesmo lugar.

– E cadê seu namorado? – ele perguntou, após um breve momento de silêncio. Silêncio que não parecia de modo algum constranger Mariana, que, agora, fumava um cigarro e observava a rua.

– Não sei. E cadê sua mulher?

– Não sei.

– Como ela se chama?

– Não quero falar dela.

– Foi você que puxou assunto sobre meu namorado.

– Não quero falar dele, também.

Ela sorriu. Não era um riso simpático ou receptivo. Talvez seco fosse o termo mais apropriado. Árido. Um sorriso sem vida.

– O que você quer comigo? – ela perguntou.

– Foi você que sentou aqui. Que se apresentou. Que puxou assunto.

– Mas eu preciso querer alguma coisa?

– Não faço a mínima ideia se você precisa querer alguma coisa – ele falou, desinteressado, enquanto acendia um cigarro. – Você é doida.

– Não fique achando que sempre venho neste bar e puxo conversa com qualquer um que esteja sentado bebendo alguma coisa.

Ele não acreditou em uma só palavra daquela frase. Imaginava aquela mulher que se dizia casada se deitando com sete sujeitos diferentes a cada semana.

– Agora só falta você dizer que sou especial – ele disse.

– Você não é especial. Nem te conheço. Mas você é o primeiro infeliz com quem eu cruzei depois da merda que o Lúcio fez.

Ele a fitou pela primeira vez com algum interesse. Como não tinha percebido isso? Aqueles olhos piscavam movidos a mágoa.

– Desculpa – ela disse, com os olhos úmidos. – Agora sou eu que peço para mudar de assunto. Mas não pense que estou triste, hein? – ela continuou. – Estou muito bem. Na verdade, estou melhor do que nunca. Foi muito bom ter acontecido tudo isso. Me sinto livre pela primeira vez, em anos.

Ele a olhava com pena, mas disfarçava com eficiência.

Após o uísque, mais alguns minutos de conversa, dois cigarros e duas cervejas, eles pediram a conta.

A moto subiu a rampa rodeada de árvores de um motel na marginal Pinheiros. Depois de pegar a chave da suíte e estacionar, Fernando olhou rapidamente o relógio. Já dentro do quarto, antes mesmo de sentarem na imensa cama branca, consultaram o cardápio em cima do frigobar para pedir bebidas. Ela, vodca. Ele, mais cerveja.

O quarto era grande e a decoração refinada. Aos lados da cama, dois criados-mudos de madeira clara davam ao ambiente uma aparência neutra, quebrada pelo enorme espelho na parede lateral da cama e o carpete vermelho. Presa ao teto, uma TV de 14 polegadas. Logo que se entrava no amplo banheiro, via-se uma banheira branca e redonda e toalhas da mesma cor, ao lado do vaso sanitário.

Todo o quarto exalava um cheiro de limpeza quase hospitalar.

Após largar a chave e a carteira em cima da mesa, Fernando percebeu que, havia alguns minutos, Mariana não pronunciava uma palavra que fosse. Olhou seu rosto. Tinha uma expressão abatida que, quanto mais ela tentava disfarçar, pior se tornava. Ele gostava daquele silêncio e pretendia que tudo corresse de maneira objetiva e neutra. A essa altura, o plano que não estava traçado durante todo o percurso dos Jardins até a marginal havia ganhado contornos definidos: eles iriam até o fim.

Por alguns minutos, permaneceram envoltos pelo silêncio. Mariana, agora trancada no banheiro, se olhava no espelho e pensava o que estava fazendo ali. A cada segundo, esforçava-se para reviver a raiva que sentira ao flagrar Lúcio na cama com outra. Estava conseguindo no bar e até mesmo na moto, mas, ao entrar naquele quarto, ao olhar aquela cama e aspirar aquele cheiro inodoro, sentiu-se vazia e solitária. Fernando, agora deitado na cama, havia ligado a TV e alternava os canais sem reparar o que era exibido neles.

Quando as bebidas chegaram, Fernando chamou Mariana, que havia se controlado o suficiente para não chorar, mas sentia que estava em cima da linha de algum limite. Ao vê-lo, ela respirou fundo e se sentou na cama. Fernando, tomando sua cerveja, observou o corpo dela. Temeu não conseguir uma ereção e desviou o olhar. E, então, após trocarem algumas fragmentadas, banais e dispersas palavras, ele a beijou sem vontade e a jogou na cama de um modo tal que, se ela tivesse alguma alternativa que não fosse ceder, não chegaria a notar.

– Me chupa um pouco.

– Não estou com vontade.

– Anda, só um pouco – ele disse, forçando para baixo a cabeça dela. Ela sentiu seu estômago embrulhar, um pouco por aquele pênis desconhecido, um pouco pelo álcool. Ele fechou os olhos e deixou que mil imagens cruzassem a toda velocidade seu pensamento. Excitado, ainda de olhos fechados, resolveu puxá-la para cima.

Ela se deitou por cima dele e decidiu, naquele momento, que havia se tornado uma mulher forte e determinada, dona de si, como nunca havia se sentido antes. Fernando, em si, não lhe despertava nem deixava de lhe despertar nada. O que ela sentia era puramente individual. Ela, que nunca havia cogitado a possibilidade de fazer sexo naquelas circunstâncias, com um estranho com quem tivera contato em um bar, estava ali. Ela, que ficara com Lúcio por quatro anos e sentiu algo quebrando dentro de si para sempre ao descobrir a traição dele, estava ali. Vingando-se de Lúcio, dela mesma por ter estado com Lúcio e de coisas que nem ela sabia.

Fernando a virou de costas duas vezes, tentando penetrar o ânus dela. Após receber duas recusas veementes, ele percebeu que sua excitação tinha ido embora. No fundo, ela se sentiu feliz, e os dois permaneceram deitados, um ao lado do outro, mudos. Ele soltou um suspiro fundo e de repente sentiu vontade de cuspir naquele corpo deitado ao seu lado. Mas não o fez. Permaneceu atento o tempo inteiro, até que ela, exausta de pensar, dormiu. Então, ele se masturbou, estranhamente excitado com aquele corpo inerte ao seu lado, e, ao sentir que ia gozar, deitou-se em cima dela, ejaculando dentro daquele ânus poucos segundos depois. Era a primeira vez que sentia prazer naquele dia.

– O que você está fazendo? – ela perguntou, acordando.

Ele a segurou com o braço direito e, com o esquerdo, continuou enfiando seu pênis ainda rígido com força, e ela sentiu uma dor tão incômoda que teve força para se desvencilhar do braço dele e jogar seu corpo para trás.

– O que você está fazendo, seu louco?

Fernando, sem dizer nada, levantou-se e começou a procurar sua calça pelo chão, quando ela veio por trás e o empurrou. Ele, então, virou-se para ela, empurrou-a contra a parede e a golpeou com um chute na cabeça. Quando ela estava desacordada, ele pegou um abridor de cima do frigobar, fez um corte no próprio braço e esfregou o sangue na vagina dela. Em seguida, fez outro corte na própria barriga. Enquanto se cortava, não sentia nenhuma dor e não era acometido por nenhum pensamento. Cortou a barriga dela numa ferida mais funda do que pretendia e, enquanto colocava os cortes em contato, sentia um prazer maior do que o sentido havia alguns momentos. Mesmo que não admitisse a si próprio que aquele prazer era mais intenso e profundo, ele o sentia, e essa sensação lhe impulsionava a repetir e repetir o movimento até que o sangue parasse de escorrer.

Ele ia se levantar, mas, sem saber por que, continuou cortando aquele corpo desacordado à sua frente. Devagar, passou o abridor da vagina ao pescoço de Mariana. Então, começou a riscar o rosto dela, primeiro em movimentos suaves e depois em riscos rápidos. Agitado, começou a andar pelo quarto em busca de um objeto mais cortante, no banheiro não, no criado-mudo não, embaixo da cama não... Os copos. Quebrou um copo usando apenas uma mão e se voltou com o caco de vidro afiado em direção à Mariana. Então, passou o caco lentamente na barriga de Mariana e, por algum tempo, esfregou seu pênis pelos cortes, em ritmos variados, como numa dança que não gostaria que acabasse nunca. Quando Mariana abriu os olhos, confusa, ele apenas sorriu para ela, pegou a chave e a carteira e deixou o quarto. Lá fora, a moto saía a 100 quilômetros por hora na marginal.

Durante todo o trajeto, Fernando se sentiu bastante agitado e levou alguns minutos até parar de tremer. Em sua mente, várias imagens desconexas passavam a toda velocidade. Sentia que os momentos anteriores haviam lhe feito bem, mas, ao mesmo tempo, ainda não tinha absorvido tudo o que acontecera. Foi como se, por alguns momentos, tivesse se sentido um estranho em seu próprio corpo. Aonde queria chegar, exatamente? Até que ponto iria? Ele logo tratou de afastar aquelas rápidas reflexões que começavam a se formar. Não queria pensar. Mas, no fundo, ele sabia.

Na zona abissal de seus pensamentos, o que tinha feito com Henrique não havia sido aleatório e não era apenas a consequência de uma bebedeira, como dizia rapidamente a si mesmo quando a lembrança conseguia emergir por alguns instantes.

Na primeira vez, tudo foi muito rápido. Os dois saíram para beber num bar no centro, com outros colegas, depois do expediente. Era uma terça-feira e as pessoas foram embora cedo, até que ficaram apenas os dois. Beberam mais um pouco, mas não chegaram a ficar altos demais. Henrique falou qualquer coisa sobre uma coleção de discos e andaram até o apartamento dele, a algumas quadras do bar. A mulher, no fim da segunda gravidez, e o filho iriam dormir na casa dos sogros, ao lado do consultório aonde iriam na manhã do dia seguinte, e o apartamento estava vazio. Beberam um pouco de vinho, tiraram vários discos do lugar, conversaram, beberam mais vinho e Fernando ainda tinha um grau de consciência relativamente aguçado quando se viu nu, de pé, abraçado por Henrique, mas fez força para se julgar mais bêbado do que estava. Sabia, em seu íntimo, que aquela tinha sido a relação sexual mais prazerosa de sua vida, talvez o momento mais prazeroso de toda a sua existência, e que passou o tempo todo de olhos abertos, excitado com cada parte do corpo bem torneado de Henrique. Mas era como se não fosse com ele. Como se tivesse sido um sonho. Tanto que já tinha quase esquecido que, na mesma noite, os dois fizeram sexo de novo, deitados, e que nenhum deles estava bêbado daquela vez.

No fundo, Fernando sabia que o que tinha ocorrido não era nenhuma surpresa. A noite com Henrique trouxe de volta seus desejos da época de escola, o menino tímido no vestiário, a vergonha quando um tio disse que ele era delicado, o deslocamento com a garota de programa que seu pai levou para conhecer quando tinha quinze anos. Mal se lembrava daquelas experiências que, convicto, decidiu esquecer ao entrar na faculdade, e se assustou com o despertar delas.

Ao voltar para o seu apartamento, porém, tratou de colocar uma tonelada em cima dos momentos vividos com Henrique e de tudo a que eles remetiam. Mas a vontade foi maior ainda do que o silêncio autoimposto. Na semana seguinte, não recusou o convite de Henrique de ir a uma sauna. Passou o trajeto todo se enganando em seu Voyage: veria um amigo, iriam se divertir juntos. Mas sabia que, ainda no carro, era difícil controlar sua excitação.

Mantiveram o hábito por algumas semanas. Sem que ele percebesse, seu comportamento foi se alterando: ficou mais distante de Júlia, passou a olhar mais para as mulheres na rua e, pela primeira vez desde que tinha se casado, saiu com uma garota de programa. Paralelamente, sentia-se satisfeito e realizado sexualmente, mas não pensava nisso: era como se tudo o que fazia era abrir uma válvula para permitir que, durante alguns momentos, outro Fernando se relacionasse com Henrique. Fechada a válvula, era de novo ele mesmo, e numa versão que não deixava dúvidas quanto à sua virilidade.

Quando, porém, Henrique pegou uma mão dele e lhe deu um beijo na boca, num contexto assexuado, quando estavam já vestidos, despedindo-se, ele se sentiu desmoronando. O que estava fazendo de sua vida? Era isso que ele era? *Uma bicha?* Essa palavra ecoou várias vezes em sua cabeça. Foi invadido por um ódio tão grande que seria capaz de matar Henrique a socos. Conteve-se, mas passou a tratá-lo friamente no trabalho. Não era uma bicha, não mesmo. Era um homem casado que não podia ver uma mulher bonita, que logo ficava excitado: era macho. Não havia contradição em ser macho e ter tido encontros ocasionais com Henrique – esses encontros logo se tornariam dormentes em sua cabeça, de tanta força que faria para levar uma vida normal. Henrique não questionou sua mudança e nunca mais se encontraram fora da empresa, com exceção da rápida cerveja no bar nos Jardins.

Fernando estacionou a moto na garagem e entrou no apartamento. O relógio da parede marcava três e quinze da manhã. Pela primeira vez nas últimas horas, lembrou-se de que havia sido demitido. Antes que a lembrança se prolongasse, tirou a roupa e entrou no banho. Por quase quarenta minutos, sentiu a água escorrer e esfregou com força o xampu e o sabonete. Secou-se com uma toalha e se olhou no espelho. Estava com uma aparência cansada e detestava se ver assim. Só então reparou que havia uma pessoa no quarto: Júlia, que dormia profundamente. Ao se deitar, ele notou uma caixa de Valium em cima do criado-mudo. Guardou a caixa na gaveta, fechou os olhos e dormiu.

No dia seguinte, enquanto Fernando tomava café, Júlia ainda dormia. Ele então saiu como se fosse trabalhar. Passaria esse tempo pilotando sua moto, correndo, frequentando a academia de ginástica ou apenas dirigindo sem rumo, parando para comer em restaurantes, comprar revistas, fumar, percorrer algumas ruas a pé.

Júlia se levantou às dez e telefonou para o escritório. Ninguém atendia na sala de Fernando. Andou pela casa. Nenhum bilhete. Pensou em comer alguma coisa, desistiu, se deitou no sofá. Quanto podia aguentar? Sentia-se sozinha e sem forças para tomar qualquer atitude que implicasse uma nova vida, mas não conseguia mais suportar a vida que tinha.

De olhos fechados, pensou em fazer terapia, se desquitar, mudar de cidade, quem sabe se jogar de uma escada, trair Fernando, fazer amigos, viajar, procurar um emprego. Mas todas as possibilidades a deixavam exausta.

Não sabia mais quando seus problemas haviam começado e por que as coisas iam mal: se, antes, alternava a culpa por estar sempre insatisfeita e a personalidade difícil de Fernando, agora, mal sabia quem ela e Fernando eram. Seus motivos estavam turvos, suas explicações esmorecidas e seus planos, ocos. Ela só queria dormir.

25.

Fernando estacionou o Voyage em frente a um casarão no Guarujá. Olhou o relógio de pulso. Ainda tinha tempo. Notou que não havia tantos carros à sua volta. Um Monza prata. Um Voyage bege. Um Opala azul. Quantas pessoas ainda estavam para chegar? Acendeu um cigarro e abriu o vidro do carro. Lá fora, a noite e o barulho eram discretos. Apenas uma ou outra luz isolada e o som eventual de um carro ou um inseto invadiam aquela quietude, mas não a ponto de comprometê-la. Respirou fundo. Gostaria de abrir a porta e entrar logo na casa para ver o que o esperava, mas decidiu esperar um pouco, sem saber exatamente o quê. Talvez resolvesse sair do carro quando ouvisse outro veículo se aproximando. Talvez apenas precisasse sentir um pouco mais a noite e o seu corpo ali, diante daquela casa. Ou talvez precisasse apenas de mais tempo para olhar no relógio mais uma vez e constatar que faltava pouco tempo. Fumou o cigarro pela metade, para um minuto depois acender outro, e permaneceu parado, com o cotovelo esquerdo apoiado no vidro, a cabeça deitada no banco, a mente vazia e o olhar vago.

Na tarde do dia anterior, um sábado, havia se encontrado casualmente com Verônica. Haviam saído algumas vezes na época da faculdade. Fernando nunca mais tinha conhecido uma mulher que soubesse usar tão bem as mãos. Mais velha do que ele, Verônica tinha quase trinta anos na época e era muito bonita. Talvez tivesse sido a mulher que mais o atraiu. Alta, tinha o corpo magro, a pele perfeita e um rosto pequeno e aristocrático. Conheceram-se em uma boate. Os dois se beijaram e fizeram sexo na mesma noite em um motel. Foi a primeira experiência de Fernando com cocaína. Uma noite memorável.

Após uma semana, Verônica o procurou. No novo encontro no motel, ela disse que havia tentado, mas não tinha jeito: ele era mesmo ruim de cama. Ele não ficou bravo. Sentia-se bem com ela. Conversaram durante horas, deitados, cheirando e bebendo, e ele se sentiu bobo ao perceber que gostaria de ser amigo dela. Seria bom tê-la por perto de vez em quando. Mas Verônica logo viajou para a Europa e passou anos entre relacionamentos desfeitos, trabalhos temporários e viagens.

Naquele bar, naquela tarde, cerca de dez anos depois do último encontro com Verônica, Fernando a reconheceu na mesma hora. Havia envelhecido, sem dúvida, mas continuava atraente. Cobria o elegante corpo com calça justa, sapatos de salto alto e blusa preta, e apoiava os óculos escuros nos cabelos avermelhados. Entrou, sentou sem perguntar a ninguém se aquela mesa estava disponível, pediu um chope, acendeu um cigarro e observou à sua volta com o olhar despretensioso e cínico da mulher que sabe estar sendo observada.

– Veja quem está aqui – Fernando disse.

Sem emitir nenhum som, ela apenas sorriu com a boca larga e fina até que seus olhos azuis quase fechassem, de tão pequenos.

Conversaram por algum tempo. Ele disse que havia se casado, seria pai dentro de alguns meses e havia sido demitido por um babaca que provavelmente ia ser cortado da empresa logo, logo. Ela contou que estava separada havia dois anos e não pretendia nunca mais cometer aquele erro.

– Não nasci para morar com um homem. Tive de passar por três experiências para perceber isso, mas não nasci para o casamento.

– Eu sei – respondeu Fernando. – Eu também não.

– Não conheço ninguém que nasceu mais para o casamento do que você.

Ele a observou curioso. O conteúdo lhe pareceu intrigante e correto, apesar de tê-lo contrariado em um primeiro momento. De fato, era isso que ele parecia. Nascido para o casamento.

– O casamento é que não nasceu para você – ela continuou.

Os dois riram e pediram dois chopes e uma porção de filé aperitivo. Ele sentiu uma espécie de tristeza ao perceber que havia algo de muito sério e verdadeiro naquela brincadeira, mas logo recuperou o jeito quase descontraído que tinha ao lado de Verônica.

Após vários chopes, quando estavam ambos no limiar entre a vigília e a nebulosidade, Verônica disse que precisava ir embora.

– Quando a gente se encontra de novo? – ele perguntou, se levantando.

– Ah, a gente se vê por aí.

E então ela se lembrou de algo que fez com que aqueles pequenos olhos brilhassem e sentou-se novamente.

– Sabe – ela disse. – Se eu não estivesse há tanto tempo sem ver você, se eu sentisse que ainda tínhamos aquela intimidade que tivemos um dia, eu o chamaria para uma festinha amanhã.

Ele sorriu com o canto da boca. Sabia que ela estava introduzindo um assunto que, independentemente da expressão que ele fizesse, do tempo que não se viam ou da intimidade que não tinham, levaria até o fim.

– Que festinha é essa?

– Não é bem uma festa, na verdade.

Ele sorriu mais uma vez.

– É uma brincadeira – ela prosseguiu. – Se eu não estivesse altinha, não sei se te falaria... Vou aproveitar que estou meio boba – ela disse. – É uma bobagem que eu faço às vezes com meus amigos.

– Amigos casais? A Júlia jamais toparia.

– Você acha que eu sou doida? Não preciso conhecer sua mulher para saber que ela é um doce. Ela deve ser a esposa mais meiga e dedicada deste mundo. Um presente.

Ele se sentiu quase triste de novo. Mas não chegou a se arrepender de nada: apenas se concentrou no rosto de Verônica.

– Não estou falando de casais. Quer dizer, não necessariamente.

Pausa. Ela pediu mais um chope. Mais casais entravam no bar, que, aos poucos, ficava lotado. As risadas altas, os casos leves e superficiais contados por grupos de amigos e a música de fundo, *Bete Balanço*, contrastavam com os olhares compenetrados dos dois. Apesar de não se darem conta disso, se sentiam em outro mundo, separados de todos ao seu redor. – Você tem vontade de viver por quanto tempo? – ela perguntou.

– Não sei.

– Mais ou menos.

– Não sei – ele repetiu. – Não faço a menor ideia.

– Você nunca pensou nisso?

– Não.

– Você está mentindo.

– Não estou.

– Eu tenho vontade de viver mais dez anos – ela prosseguiu. – Dez anos está de bom tamanho. Não quero filhos. Não quero me olhar no espelho e ver meus peitos murchos, minha pele enrugada, minhas mãos manchadas.

Ele percebeu, então, que sabia bem do que ela estava falando. Se não se preocupava com seu futuro enrugado era porque se assustava tanto com o assunto que o evitava. Em vez de pensar a respeito, olhava-se no espelho feliz com as imperfeições que ainda não tinha. Quando Verônica falou isso, ele se viu velho pela primeira vez e se sentiu aterrorizado.

– Não quero sentir tesão quando alguém esbarrar em mim na rua, sem querer, porque meu corpo está tão desacostumado ao prazer que se arrepia com o menor toque – continuou ela. – Não quero causar piedade nas pessoas. Não quero que se impacientem comigo, que reclamem da minha lentidão. Também não quero que me achem um amor de velhinha. Nem quero que ninguém tenha nojo de mim. Não quero ficar fedida. Não quero ficar sozinha.

Ele apenas a olhava. Também não queria nada daquilo. Sentia que sua vida ficava pior e mais triste a cada dia e que a boa aparência era uma de suas únicas fontes de alegria. Cada gânglio não encontrado era um alívio, mas não sabia quando os primeiros começariam a aparecer.

Ela apagou o cigarro no cinzeiro, com os olhos opacos, e mudou repentinamente o tom de voz, como quem seleciona o nível de um equalizador.

– Você sabe o que é uma roleta russa?

– Claro.

– Você já brincou de alguma espécie de roleta russa?

– Não – ele respondeu, sem saber o que ela queria dizer com "alguma espécie".

– Gostaria de experimentar?

– Acho que sim – ele disse, sem saber do que ela estava falando. – Por que não?

– Bem – ela disse, sorrindo e engolindo o resto de sua tulipa de chope. – Imagine uma festa comum, mas só com pessoas que não têm preconceito nem preocupações idiotas e só querem saber de se divertir. Ninguém tem medo ou vergonha de ficar sem roupa e fazer o que quiser. Você já deve ter ido a alguma festa assim.

Em vez de responder ele perguntou:

– E onde entra a roleta russa?

– Adivinha.

De repente, várias imagens desconexas invadiram a mente dele, conectando-se umas com as outras. Elas se misturavam com uma velocidade tal que ele não conseguia discernir a diferença entre uma e outra, nem o que estavam tentando lhe dizer. Mesmo assim, sentiu um prazer tão intenso e concreto que reafirmou a si mesmo sua vontade de participar.

– É como um jogo – ele disse.

– *É* um jogo. Haverá uma pessoa doente entre as saudáveis.

– Doente de quê?

– Do que você acha? De AIDS. Um aidético no meio dos outros. Ainda com a aparência boa, ainda parecendo gente comum.

– E você está me convidando com qual condição? Que eu seja saudável?

Logo depois de fazer essa pergunta, ele a olhou assustado. Não sabia se queria dizer isso, mas agora era tarde demais.

– Você não é?

– Eu tenho AIDS, Verônica – ele disse, em um só tom.

– Você está brincando! Teremos duas balas na nossa roleta amanhã?

– Vocês já têm uma?

– É claro que já temos uma. Festinha sem bala de revólver não tem graça nenhuma, é brincadeira de criança. A graça está no risco. Num pouco de aventura nesta vida besta – ela disse. – Eu, acredite se quiser, já participei desse jogo várias vezes e acho que não peguei nada. O dia em que pegar vou dar uma festa. Uma festa, não: um jantar. Só com meus melhores amigos, as melhores bebidas e a melhor comida que eu puder pagar.

Ele se sentiu esquisito.

– Por que você não se mata?

– Como assim? Cometer suicídio, você diz? E para quê? Qual é a graça de pegar uma arma e saber que é só eu apertar o gatilho que estarei morta? Além do mais, não quero morrer agora. Adoro viver, Fernando. Gosto tanto que não quero estar aqui quando não valer mais a pena. – Ela pensou um pouco antes de continuar. – E não quero me matar, também. Quero que me matem, e de um jeito lento. Vou aproveitar minha angústia por meses, quem sabe anos, usufruir cada segundo, sentir em cada parte do meu corpo que estou me despedindo, que estou me desligando daqui. Vou abraçar a minha dor. Eu abracei minha vida e vou fazer o mesmo com a minha morte.

Eles ficaram em silêncio por alguns instantes. Fernando se sentia confuso. Estava acuado, vulnerável. Mas o que tinha a perder?

– Você não sabe como é emocionante, Fernando. O suspense do negócio é genial. Adoro sentir esse frio na barriga. É o sentido da vida, o sentido que a gente inventa para essa piada cósmica – ela disse, olhando para um ponto indefinido na frente dos dois. – As pessoas, que bobas, sempre com medo de morrer. Eu não tenho o menor medo da morte. Pelo contrário. Eu só não quero envelhecer. Quanto à morte... Eu escolho como vou morrer.

O garçom perguntou se eles queriam mais um chope. Fernando saiu de seu estado hipnótico e foi arremessado à realidade à sua volta. Barulho. Pessoas sorrindo. Pessoas passando. Risadas. Blitz. *Você não soube me amar/Você não soube me amar.*

– Quando? – ele perguntou.

– Amanhã.

– Onde?

– Na casa de uma amiga, no Guarujá. Anota o endereço.
As mãos dele tremiam enquanto pedia uma caneta ao garçom.
– Talvez você devesse chegar no início. Lá pelas oito, certo? Assim, você vai conhecendo as pessoas. Vou tentar chegar para o jantar. A Leila sempre dá um jantar antes com toda a pompa, ela é uma figura, você vai ver. Fernando, – ela disse, se levantando – saiba que você será muito bem-vindo. Vou ficar feliz com a sua presença e meus amigos também. Pode ter certeza de que, com a gente, você estará entre amigos. Você e tudo o que vier de você será muito querido por nós.

Nessa hora, ele percebeu que sua alegria estava superando, pelo menos naquele momento, sua estranheza. Sentiu-se eufórico e, ao mesmo tempo, sem forças. Verônica então pensou em deixar algum dinheiro na mesa, mas apenas pegou a bolsa e saiu.

Por volta das sete da noite, Fernando voltou para o apartamento. Não conseguia pensar em outra coisa, mesmo quando tentava prestar atenção à TV ou quando Júlia perguntava automaticamente se ele gostaria de fazer alguma coisa mais tarde. Um jantar, talvez. Um cinema. Ele só interrompeu sua imaginação quando, vendo-se obrigado a olhar para a mulher quando ela tentou conversar sobre algo em que ele não prestou atenção, reparou nas profundas e escuras olheiras que se destacavam naquele rosto claro. Júlia sempre tinha tido aquelas marcas? Evitou continuar olhando o rosto dela e foi tomar banho.

Às três da manhã, Fernando ainda estava acordado. Não se lembrava da última vez que sentira aquela ansiedade juvenil. Tinha uma sensação avassaladora de que se não houvesse festa nenhuma, se, por algum motivo, não conseguisse ir ao Guarujá, sua vida acabaria. Teria de correr daquele apartamento, daqueles pertences, daquele corpo. Se não houvesse festa, voltaria para o bar e dirigiria por toda São Paulo e depois por toda Guarujá e bateria nas portas de cada casa da cidade atrás daquele grupo de pessoas que esperavam por ele. "Saiba que você será muito bem-vindo". Aquela frase ecoava em sua cabeça. "Vou ficar feliz com a sua presença e meus amigos também. Pode ter certeza de que, com a gente, você estará entre amigos."

Pouco depois das quatro da manhã, ele dormiu.

Um Escort estacionou em frente ao casarão. Uma mulher loira e um homem grisalho e bem vestido saíram do carro, terminando algum assunto qualquer. Fernando ainda levou alguns minutos para sair do Voyage e tocar a campainha. De repente, se sentiu tímido. E se Verônica ainda não tivesse chegado? Não conhecia ninguém. Não o conheciam. O que falaria?

Uma mulher abriu a porta.

– Você deve ser o Fernando – ela disse, sorrindo, antes que ele pronunciasse qualquer palavra. Vestia uma calça justa brilhante e uma blusa molenga com um decote profundo. – A Verônica me falou de você. Sou a Leila. Seja bem-vindo.

Ele entrou sem sorrir.

– Ela ainda não chegou. Venha, vou apresentá-lo ao pessoal – ela disse, fechando a porta.

E Fernando cumprimentou onze pessoas, uma por uma. Todos eram homens e mulheres elegantes, e os poucos que não eram bonitos se arrumavam bem a ponto de parecer . Ao final das apresentações, apenas o rosto de Leila ainda era fresco em sua memória. Foi para ela que ele olhou, alguns minutos depois, quando estava encostado em uma poltrona de couro, tomando champanhe e pensando onde estaria Verônica e no que exatamente ele estava fazendo ali.

Ele agora reparava na sala decorada de maneira requintada, talvez um pouco clássica demais. Quem morava ali? Certamente, Leila, que atendera à porta. Mas com quem? Não achava que ela fosse casada e tivesse filhos. Mas não se assustaria ao pensar nessa possibilidade. Talvez ela tivesse um marido, que estava viajando, e um casal de filhos pequenos. Ou talvez o marido estivesse ali. Olhou para a escada de madeira com corrimão dourado. Quando começaria a festa? O que haveria lá em cima? Não entendia aquele tom de formalidade. Aquele era um jantar comum?

Mais pessoas foram chegando. Todos comiam alguns canapés, bebiam e ouviam música quando Verônica chegou.

– Finalmente! – disse Leila e mais duas ou três vozes.

Verônica entrou sorridente, cumprimentando com um beijo alguns convidados.

– Pensei que não viesse mais – disse Leila.

– Quando furei com você? Boba! E meu amigo, já conheceram? – perguntou, vendo Fernando ao fundo da sala, ainda recostado na poltrona. Ele apenas sorriu e levantou as sobrancelhas.

– Já conhecemos. Ele não faz o estilo falante, mas já conhecemos! – disse Leila.

– É, ele é um homem cheio de mistérios.

– E muito charmoso.

Cerca de meia hora depois, dois garçons saíram de algum lugar que devia ser a cozinha e tiraram os aperitivos da mesa.

– O jantar vai ser servido – disse Leila, sentada no colo de um rapaz de cerca de vinte e cinco anos, com quem conversava animadamente. – Já sabem, façam o que têm de fazer, tragam mais bebida e nos deem licença – disse aos garçons.

Comendo estrogonofe, tomando vinho e, aos poucos, participando das conversas triviais que se formavam em torno da grande mesa, Fernando se viu descontraído pela primeira vez naquela noite. Já não pensava no que fazia e faria ali, e se sentia como se não fosse a primeira vez que visitava aquela sala. Era uma festa comum. Já não se lembrava de quase nada que Verônica tinha dito no bar. Havia sorrido largamente umas duas ou três vezes e criado simpatia com três pessoas em especial. Eram interessantes, bonitas e bem-sucedidas. Pareciam despreocupadas e liberais, tão diferentes dele. Tinham idades e ocupações tão variadas que era difícil imaginar como haviam se conhecido e como tinham chegado até ali. No outro extremo da mesa, Leila agora não conversava mais com o rapaz, provavelmente o mais jovem na casa, mas com uma mulher negra de cabelos curtos.

Mais tarde, a música estava alta quando todos bebiam e riam, acomodados nos sofás e poltronas da sala. Fernando notou que Leila, ainda na mesa, cheirava cocaína.

– Você curte? – perguntou Verônica, sentada ao lado dele.

– A última vez que eu cheirei foi com você.

– Vem aqui que vou te levar de novo para o bom caminho.

Ele concordou. Ela tinha os olhos e o nariz levemente vermelhos e uma expressão de quem se divertia muito ali. Mais agitado, Fernando voltou a conversar com as pessoas à sua volta e não se lembrava de já ter se sentido tão bem. Nunca devia ter parado de cheirar. Era esse hábito que estava faltando. Só isso, e tudo entraria nos eixos.

Ele não conseguiu disfarçar a surpresa ao notar que um casal no extremo do sofá se agarrava. A mulher já estava sem blusa, e o homem, ainda vestido, beijava seu pescoço e descia para os peitos.

– Não se assuste – disse Verônica. – Não tem regra.

– Não estou assustado – ele respondeu, sem prestar atenção nas próprias palavras. E era verdade. Não estava assustado; no máximo, um pouco intrigado. Nunca havia ido a uma festa daquelas antes. Os convidados conversavam normalmente, ouvindo música e bebendo, e pareciam ignorar o casal. O homem continuava por cima da mulher que, agora, vestia apenas uma calcinha. Pensando se era melhor parar de encarar os dois, Fernando tentou desviar o foco para alguma outra imagem. Seu coração batia forte e ele se sentia dentro de um estado complexo e indefinido entre o zonzo e o desperto.

Quando notou que duas mulheres nuas se beijavam no chão, ele se levantou e decidiu se aproximar de alguém. Rapidamente, a sala foi dando lugar a uma orgia que ele não podia ter imaginado quando comia o estrogonofe. Em flashes, seu olhar tentava acompanhar as cenas. Duas mulheres se agarrando. Um homem fazendo sexo oral no outro. Um garçom vestido com o pênis para fora agarrando uma mulher de quatro. Isolado no fundo da sala, um casal parecia estrelar um filme amador: enquanto faziam sexo, eram filmados por um homem seminu. No centro da sala, um homem nu em cima de uma mesa, deitado de bruços e vendado, oferecia o ânus a quem quisesse se aproximar.

Instintivamente, Fernando se virou para o homem com quem havia falado poucos instantes antes sobre cinema. Por baixo da camisa azul, percebia-se que ele era forte. Tinha o cabelo loiro e barba por fazer, e parecia bastante receptivo. Quis conversar com ele de novo, para se aproximar, mas sentiu seu coração batendo forte e um fino fio de suor correndo pela testa. Sentou-se, trêmulo. De repente, sentiu seu estômago embrulhar e tudo o que desejou foi ir embora. Mas, em vez disso, esperou que o mal-estar passasse e então se levantou, andando em direção à Leila, que o olhava nos últimos minutos enquanto bebia uma taça de vinho e, como que em câmera lenta, dançava sozinha.

– O que você quer? – ela perguntou, rindo e se desvencilhando dos braços dele, que a tinha pegado pela cintura.

Sem ação, ele a soltou sem dizer uma palavra.

– Como você desiste fácil! – ela disse, rindo e passando a mão nos próprios seios. – Bobo – continuou, dando as costas a ele e subindo as escadas.

Fernando sentiu seu coração batendo em alta velocidade. Olhou para os outros convidados, como que esperando alguma aprovação, e, certificando-se de estar fora do alcance da câmera, subiu os degraus de dois em dois. Ninguém havia reparado nele ou em Leila.

Ele não a viu logo que subiu. Só o corredor e as luzes apagadas. Deu alguns passos inseguros e tensos quando percebeu uma luz acesa. Entrou no cômodo. Ela estava nua em cima da cama de casal, rindo histericamente.

– Eu sei que você tem AIDS – ela disse. – A Verônica me contou. Eu sou a anfitriã, lembra? Eu sei de tudo.

Ele olhava para aquele corpo exposto sem saber o que dizer. Percebeu que não estava excitado e pensou em ir embora, mas algo o prendia àquele quarto.

– Por que você não desce e dá em cima de alguém que não sabe? Você está estragando a brincadeira. Está estragando tudo – disse ela.

– Você é que está estragando tudo.

– Vem, anda. Eu quero você. Pode jogar tudo dentro de mim. Eu não ligo! Eu não estou nem aí.

Ele chegou a tirar a roupa e a se jogar em cima dela, sem identificar o que pensava ou o que queria, mas não conseguiu ir adiante. Vendo aquele corpo nu e triste à sua frente, sentiu uma vontade imensa de chorar. Queria ser alguém diferente do que vinha sendo, mas não sabia quem. Queria voltar a ser o menino inseguro, que se assustava ao perceber que era diferente dos outros? Tinha chegado até ali para isso? Via a verdade para si mesmo não como um triunfo, mas um retrocesso. Queria ser o marido cheio de boas intenções que tinha sido no início de seu casamento? Mas como? Não sabia, e temia que já estivesse tarde demais para isso e qualquer outra coisa.

Até esse dia, ele reprimia o choro que, como o sono ou a fome, acabava escapando involuntariamente de seu corpo. Agora, queria de fato chorar. Precisava lavar seu interior de alguma forma. Tinha necessidade de se libertar de algo que não sabia o quê. Mas não conseguiu. Então, vestiu sua roupa, levantou-se e foi embora, deixando Leila sozinha, com o olhar perdido.

26.

Impaciente, o delegado pediu mais uma vez a Fernando que aguardasse.

Ele se sentou no velho sofá preto que imitava couro. Quando alguém passou oferecendo café, levou alguns segundos para perceber que não era para ele. Olhou a parede branca à sua frente. Tinha aparência de recém-pintada, o que contrastava com as bordas enferrujadas da pequena janela verde da parede oposta. Pessoas passavam em alta e em baixa velocidade. Falando, atendendo ao telefone, usando a máquina de escrever. Algumas vozes angustiadas, algumas risadas. Pensou em telefonar para alguém, mas não sabia para quem.

Àquela altura, Júlia já devia ter saído de casa. Provavelmente, estava dirigindo em direção a Curitiba. Não sabia como ia ser dali pra frente, mas tentava não pensar nisso. Se ela teria o bebê ou não. Se perderia o filho espontaneamente – ela teve algumas dores no dia anterior, durante a discussão. Se entraria em contato com um advogado para dar início à separação. Se voltaria a trabalhar. Se tinha saudade. Se tinha AIDS.

As dúvidas em relação ao futuro entravam e saíam de sua mente com a mesma rapidez, deixando um rastro nebuloso e confuso que se agregava aos rastros que permaneciam lá dentro havia anos. Fazia oito horas que tinha matado Cláudia.

Eram dez da noite do dia anterior quando Fernando bebia, fumava um cigarro e folheava uma revista em um bar na alameda Santos. A festa de Leila havia sido um dia antes e ele remoía algumas lembranças confusas. Desde que saiu de lá, foi acometido por uma onda de sensações desagradáveis e contraditórias. Queria fazer algo com sua vida, mas não sabia o quê. Pensou em admitir para Júlia que se sentia mais atraído por homens do que mulheres – era a primeira vez que colocava para si mesmo a situação desse jeito, nesses termos. Mas, quanto mais pensava nisso, mais esbarrava num crescente enjoo. A verdade apenas fazia com que se sentisse confuso e solitário. E o que era a verdade, afinal? Quando pensava em perder o casamento conquistado, sentia-se pior ainda.

Pediu mais uma cerveja. Se, ao menos, não estivesse doente. Mas, agora, já tinha estragado tudo. Seu futuro lhe parecia apenas uma sucessão de decadências. Talvez não arranjasse mais emprego algum. Venderia o apartamento, depois a moto e o carro. Poderia gastar o dinheiro em viagens e depois se ver pobre. Mais um mendigo na praça da República. Se fosse tão ruim, poderia se matar, então. Se matar: essa era sempre a conclusão, no final das contas. Por que então não fazia isso logo de uma vez? O que o segurava?

Ele terminou a cerveja, pagou a conta e voltou para o Voyage estacionado na rua Pamplona, ainda sem saber aonde ir.

Após dirigir por alguns minutos na Paulista e depois na Augusta, sentiu um ímpeto de dirigir até as imediações do Jóquei Clube. Acelerou e mudou de rota sem pensar em nada. Quando viu, já estava na marginal Pinheiros, e depois subindo a ponte da Cidade Universitária e passando em frente ao portão 1 da Universidade de São Paulo. Foi quando parou em um semáforo vermelho e observou as prostitutas na rua. Estavam vestidas com o mínimo de roupa, e uma delas, na frente de um arbusto, de costas para a rua, trajava apenas uma blusa curta e salto alto. Foi quando viu Cláudia parada no estacionamento de uma loja já fechada.

Rapidamente, percebeu que precisava dela naquele momento. Acenou e, sem emitir nenhuma palavra, fez sinal para que ela entrasse.

O cheiro que invadiu o carro assim que Cláudia entrou foi o ponto de partida de uma série de irritações que culminaria no espancamento dela. Ele chegou a mencionar o cheiro na delegacia, percebendo, ao sentir as palavras que saíam de sua boca, que jamais conseguiria exprimir a dimensão de sua irritação. Era um perfume agradável, mas, após alguns segundos, tornava-se invasivo. Quando ela jogou o cabelo para trás, Fernando sentiu aquele odor entrando de tal modo em suas narinas, no tecido de suas roupas e no estofamento do carro que abriu as janelas do veículo.

– Vou para o centro – ele disse, por fim, sem saber o que o tinha levado a dizer aquilo. Cláudia concordou com a cabeça e disse alguma coisa em que ele não prestou atenção. No entanto, ele atentou ao timbre: poderia ser mais agudo. Olhou para ela: era bonita, e, o mais importante, tudo parecia perfeitamente no lugar. Parecia ser bem experiente. Não aparentava nervosismo, ansiedade ou mesmo alegria: passava uma apatia neutra e inofensiva. Fernando agora percebia que o cheiro da maquiagem carregada se misturava ao perfume inicial, fazendo com que ele tivesse vontade de vomitar se não se concentrasse em outra coisa. Mas logo expulsou esse pensamento. Ela usava uma roupa provocante: saia curta e colada, blusa verde decotada e saltos altíssimos. Uniforme de puta. A pele era morena e os seios, enormes e desproporcionais ao corpo magro, criavam uma imagem de boneca perfeita que agradava Fernando. Ela podia, sim, se passar por uma mulher. Era só não pensar naquele cheiro, e ele poderia esquecer as preocupações e se divertir um pouco.

Ele desceu a rua Augusta e virou na Caio Prado. Não encontrou vaga na rua, após rodar por alguns instantes, e deixou o carro em um pequeno estacionamento. Entraram no quarto do primeiro hotel que Fernando viu – uma porta estreita que, não fosse pelo toldo azul, passaria despercebida.

– Tira só a blusa – ele disse, após se deitar de roupa e sapatos.

Cláudia parou de pé em frente à cama. Quando tirou a blusa, ele pôde ver quão perfeitos eram aqueles seios enormes e duros. Foram seus últimos segundos de prazer naquela noite, ou, pelo menos, daquele tipo de prazer. Cláudia tirou a saia sem que ele tivesse pedido e Fernando se irritou com aquele pênis exposto, contornado por uma virilha depilada.

– Não era pra tirar a saia. Tampa isso.

Ela soltou um riso desafiador.

– Calma, meu querido. Vou fazer loucuras com você – ela disse, caminhando em direção a ele. – Eu sei muito bem o que você quer.

Quando ela pegou no pênis rígido de Fernando, ele foi invadido por um ódio profundo.

– Filho da puta – ele disse.

– Calminho, meu amor, vamos relaxar um pouco – ela disse, massageando seu pênis.

– Filho da puta! – ele repetiu, se levantando e empurrando Cláudia contra a parede. Diante do pomo de adão à sua frente, sentiu mais uma vez a raiva penetrando no seu sangue com toda a força e apertou aquele pescoço até quase estrangulá-la. Mas não queria que ela morresse. Não daquela forma. Levantou-se e deu vários chutes no corpo imóvel no chão. Cláudia não reagia. Não era a primeira vez que aquilo ocorria e ela sabia que a melhor forma de escapar era se dar por vencida antes de vencer. Depois de dar dois golpes na cabeça, Fernando percebeu que ela estava desacordada. Então se cortou e sentiu-se tão bem ao passar seu sangue naquele ânus e naquele pênis que evitou voltar a bater nela, para que ela não morresse desacordada. Inerte. Desejou sem tomar consciência de seu desejo que ela falecesse lentamente, em uma calçada ou, na melhor das hipóteses, na maca de um hospital público, dali a alguns anos, sem amigos nem família por perto.

Antes de sair do quarto, ele acabou dando mais um chute na cabeça disposta em diagonal no chão, despretensiosa e quase alegremente, como que para encerrar a noite.

Saiu do hotel aliviado, entrou no carro e foi para casa.

27.

Aquiles preparava café na pequena cozinha de seu apartamento, no sexto andar de um antigo prédio localizado na rua Caio Prado.

Sentou-se à mesa e pegou o jornal. Assinava *O Estado de S. Paulo* havia trinta anos, e por trinta anos mantinha o hábito de ler os classificados de imóveis, mesmo não tendo nenhuma intenção de se mudar. Lavou a louça e levou mais de uma hora para tomar banho, vestir-se e sair do apartamento. Cumprimentou a faxineira, comprou na quitanda duas maçãs para comer mais tarde e chegou ao hotel Paraninfo, a duas quadras de casa, onde trabalhava havia quase quatro décadas.

– Bom dia, seu Aquiles – disse Paulo, o recepcionista da noite. Aquiles apenas grunhiu algo que soou incompreensível.

Paulo não insistiu. Sabia que Aquiles não ia com a cara dele. Pegou suas coisas, desligou a TV e saiu, despedindo-se em voz baixa. Aquiles se sentou, ligou a TV, passou os olhos no caderno de hóspedes e olhou para a rua.

Passava o dia assim, alternando seu olhar entre as imagens da rua e da TV. Sabia apontar os filmes passados nos últimos cinco dias na Sessão da Tarde. Sabia que o mendigo que se sentava em frente ao hotel tinha segundo grau completo e conseguia ler em inglês. Tinha acompanhado a campanha das Diretas Já. Sabia que Cindy, a garota que fazia ponto a uma quadra dali, fora estuprada pelo irmão, alcoólatra, por anos a fio, e que o tinha matado há dois anos, com a ajuda da mãe. Sabia cantarolar todos os jingles das propagandas que passavam. Sabia que seu Antônio, dono da padaria a poucos metros do hotel, não admitia, mas estava com câncer. Situado entre as imagens, sabendo de tudo ao seu redor sem que muitos soubessem dele, Aquiles era um velho espectador dos personagens com quem tinha contato direto ou indireto ao longo do dia.

O porteiro do prédio comercial ao lado, Almir, sempre entrava no hotel por volta das cinco da tarde, para jogar conversa fora. Almir costumava perguntar como ele conseguia almoçar apenas duas maçãs e o convidava para ir à padaria do seu Antônio tomar um café, comer um pão com manteiga na chapa – convite que ele aceitava às vezes, quando o hotel estava sem movimento. Do balcão da padaria, observava seu lugar vazio, comia rápido e voltava para seu posto.

Ao longo do dia, pessoas de todo tipo entravam no hotel e passavam algumas horas ali. Mas pessoas de todo tipo dentro de um mesmo espectro, já que hóspedes de um hotel como o Paraninfo não costumam variar muito. Havia senhores que poderiam pagar um lugar mais caro, mas continuavam, por hábito, frequentando o hotel com suas garotas de programa, às vezes ali da vizinhança, às vezes do outro lado da cidade. Havia também jovens levando a namorada – o casal sempre entrava olhando para baixo, perguntava quanto era e assinava rapidamente o caderno de hóspedes, com dados verdadeiros, mas lacônicos: apenas o primeiro nome ou o apelido. Como bom espectador, Aquiles apenas observava, procurando não interferir em nada. Certos hóspedes acabavam de se mudar para São Paulo e moravam lá por não ter um bom salário, ou até tinham, mas queriam economizar. Nesse caso, entravam no hotel apressados, mal cumprimentavam Aquiles e não levavam visitas. Acordavam, saíam bem arrumados, tomavam café na padaria do seu Antônio e pegavam ônibus em direção ao trabalho, onde ninguém imaginava que eles moravam em um velho e mal conservado hotel numa esquina decadente do centro, cujo maior luxo dos quartos era o chuveiro de onde a água quente jorrava com abundância.

Quando Cláudia entrou no hotel, por volta das onze da noite, Aquiles evitou cumprimentá-la. Fazia alguns meses que ela não aparecia por lá, mas ele se lembrava bem daquele rosto. Mesmo tendo mudado de ponto havia vários anos, ela não passava muito tempo sem ir ao Paraninfo. E, quando entrava, um cheiro delicioso invadia o lugar. Era um perfume de flores, com um toque cítrico que não permitia que o aroma ficasse enjoativo. Quando ela se virava, ele observava sua bunda, sempre metida em roupas coladas. Desconfiava que ela fosse travesti, mas não tinha certeza. Teria, se usasse seu olhar clínico para observá-la com mais atenção, mas não o fazia. Cláudia era tão cheirosa e bonita que ele se recusava a ver que não era mulher.

Aquiles deu a chave ao homem que acompanhava Cláudia e voltou a ver TV. Durante o tempo em que os dois hóspedes estavam lá, ouviu apenas um ou outro som vindo do quarto. Nada anormal. Só reparou no rosto de Fernando quando o viu saindo a passos largos até a porta, com o rosto suado e o olhar seco e brilhante. Fernando parou na porta, voltou, abriu a carteira e jogou uma nota em cima do balcão sem dizer uma palavra. Então, virou à direita e entrou no estacionamento do prédio onde Almir trabalhava.

Quando Aquiles ouviu o barulho do carro saindo, teve um pressentimento. Foi até a porta, chamou Almir e pediu que ele ficasse na recepção por alguns instantes. Mesmo não estando certo do que fazia e dizendo a si mesmo que deveria ter esperado mais alguns momentos, respirou fundo e subiu as escadas. Tocou na porta do 21. Tocou novamente. Desceu, pegou as chaves extras do apartamento e subiu novamente as escadas, não respondendo quando o porteiro lhe perguntou o que havia ocorrido.

– Almir – disse, em voz baixa, ao abrir a porta. – Almir! – repetiu, agora gritando.

28.

Júlia estava sentada no sofá e Fernando de pé em frente a ela, quando o interfone tocou.

– Quem será a essa hora? – disse ela, após o segundo toque. – Você está esperando alguém? – perguntou com um fio de voz, esfregando o nariz. Seus olhos estavam vermelhos e havia coriza e lágrimas em suas mãos.

Fernando balançou a cabeça, negativamente. Silêncio. O interfone tocou mais uma vez. Júlia respirou fundo e se levantou, mal sentindo seus pés tocarem o chão. Era a terceira vez na semana que tinha aquela sensação. Agora que estava tendo problemas para dormir mesmo com o calmante, vinha sentindo todo tipo de sensações estranhas ao longo do dia. Quando Fernando chegou da rua, de madrugada, ainda não tinha fechado os olhos nem por um minuto.

– Quem? – ela perguntou com o interfone no ouvido. – Mas é aqui mesmo? Você tem certeza? Bem, que subam.

Quando colocou de volta o interfone no gancho e voltou-se para Fernando, viu que ele estava pálido.

Ele ainda não estava certo do que se tratava, mas sabia que algo estranho estava prestes a ocorrer e que não tinha nada a ver com Júlia.

– São dois policiais. Muito estranho. Acho que eles estão vindo investigar alguma coisa, sei lá. Você viu algum crime? Testemunhou alguma coisa?

Calado, Fernando sentiu as mãos geladas. Não havia nada a fazer. Apenas esperar. Esperar que subissem, entrassem lá e mudassem tudo. Naquele curto momento entre o toque do interfone e o som da porta sendo aberta por Júlia, era apenas isso que ele fazia.

Júlia abriu a porta e, diante de uma realidade tão diferente de sua rotina, levou algum tempo para dar forma aos fatos e atribuir-lhes um significado. Permaneceu imóvel, em frente à porta aberta, ainda com uma mão na maçaneta, quando os dois policiais entraram. Enquanto um deles, um homem baixo e precocemente calvo, pronunciava frases soltas de modo automático, o outro, mais alto, algemava Fernando e dizia que ele estava sendo preso em flagrante.

Agora Júlia estava chorando.

– Me explica, Fernando, o que aconteceu? – perguntou com a voz fraca de quem não sabe se quer ouvir alguma resposta. – O que ele fez? Vocês podem me responder?

– Seu marido é acusado de matar um travesti nessa madrugada no hotel Paraninfo, no centro. Ele tem de comparecer agora à delegacia. Se a senhora quiser, pode nos acompanhar – disse o mais baixo, sem olhar nos olhos de Júlia, enquanto conduzia Fernando à porta. Ele se deixava levar, inerte. Nada agora passava em sua cabeça. Ou passava numa velocidade tão alta que era como se fosse nada.

– Fernando, olha para mim. Do que eles estão falando?

– Eu tenho AIDS, Júlia. Desculpa, eu estou tão cansado. Desculpa – ele disse, mal sentindo as palavras que pulavam de sua boca.

– Do que você está falando, Fernando? Me conta, por favor.

– Vem comigo, Júlia. Não me deixa sozinho. Vem comigo.

Ele agora também estava chorando.

Ela continuou parada, no corredor. Quando a porta do elevador fechou, ainda ouviu a voz de Fernando.

– Vem, Júlia.

Ela ainda continuou parada por algum tempo, tentando dar forma aos sons e imagens que tinha presenciado. Entrou no apartamento. Fechou a porta. Pegou o telefone, mas não sabia para quem ligar. Colocou o aparelho no gancho. Sentou-se no sofá, para levantar-se poucos segundos depois. Passou as mãos na barriga. Deveria ter ido à delegacia? Andou até o quarto, sentou-se na cama e voltou para a sala. O policial tinha falado a palavra "travesti". Fernando falara em AIDS. Passou novamente as mãos na barriga. O que estava acontecendo? Não estava entendendo direito, mas temia tudo.

Abriu as páginas do catálogo telefônico. Hotel Paraninfo. Lembrava-se de ter ouvido esse nome. Hotel Paraninfo. Memorizou o endereço, pegou as chaves do carro e desceu até a garagem.

Dirigiu por menos de quatro quadras e tomou uma rua à esquerda para voltar ao seu prédio, quando parou numa esquina qualquer, levou a cabeça ao volante e começou a chorar.

– Eu estou indo para Curitiba – disse à mãe, de um orelhão, após se concentrar e fazer uma força absurda para discar os números.

– O que aconteceu?

– O Fernando foi preso. Estou indo pra Curitiba.

– Explica direito, minha filha, não estou entendendo.

– Eu vou morrer, mãe. Eu estou morrendo.

– Vem pra cá, Júlia – disse o pai dela, pegando o telefone. – Pegue suas coisas, mas não venha dirigindo. Compre a primeira passagem que tiver para cá. Não venha dirigindo, ouviu? Estamos te esperando. Venha!

Ela balbuciou qualquer coisa, voltou para o carro, deu a partida sem olhar para o lado e sentiu uma batida.

– Você está louca? – perguntou o motorista de um Fusca, que agora tinha um leve amassado na porta do passageiro.

– Desculpa – disse Júlia, saindo do carro e levando as mãos à testa. Tinha batido levemente a cabeça no volante. E então ela foi andando em direção ao prédio, levando a chave do carro numa mão e deixando-o estacionado em diagonal, para surpresa do motorista do Fusca.

– Moça, você se machucou? Seu carro está aberto. Moça?

E Júlia, ouvindo aquelas palavras, mas sem entendê-las, caminhou, trêmula e com passos curtos e leves. O chão estava mole e todas as imagens ao seu redor desfocadas. Não ouvia nenhum som e trombou em um pedestre e em um poste antes de finalmente identificar qual prédio era o seu, entrar e chamar o elevador. Foi até o quarto, tirou uma grande mala do segundo compartimento superior do armário, da esquerda para a direita, jogou lá dentro quinze ou vinte peças de roupa com os cabides, abriu as gavetas, pegou mais algumas peças sem escolher, fechou a mala, pegou a bolsa, pegou todos os seus documentos e se sentou no chão com as costas na porta, onde ficou numa espécie de transe por alguns instantes. Quando notou que o dia estava bem claro, levantou-se e saiu, zonza. Entrou em um táxi parado do outro lado da rua e se jogou no banco traseiro, exausta.

– Para a rodoviária, por favor. Tietê.

O taxista olhou para aquela jovem senhora e teve certeza de que ela estava bêbada. Recriminou-a em seus pensamentos e não disse uma palavra durante todo o percurso.

No banco de trás, com a cabeça apoiada no encosto e os olhos fechados, Júlia se perguntou se teria forças para sair do táxi, comunicar-se com o balconista e comprar uma passagem. De fato, durante todo o tempo que permaneceu no terminal, sentiu-se em outro país. Demorava a entender o que precisava fazer, não apreendia o que lia nas placas, não sabia qual seria o próximo passo.

Quando, duas horas mais tarde, estava sentada na poltrona 14 B de um ônibus, perguntou-se como tinha conseguido se mover até ali.

Então ela olhou o relógio de pulso, fechou os olhos e só tornou a abri-los quando o passageiro do lado avisou que haviam chegado.

Na semana seguinte, em um hospital de Curitiba para onde foi levada com hemorragia e fortes dores, Júlia perderia o bebê. Dali a dois meses, depois de fazer exames que não acusaram doença alguma, ela se veria em um avião, disposta a se concentrar no curso de cinco semanas que faria em Londres. Estava farta de chorar e de sentir pena de si mesma, mas ainda estava descobrindo se conseguia se sentir de outra maneira. Era percorrida por um calafrio quando se dava conta de que, se Fernando não tivesse sido preso, provavelmente ainda estaria com ele, e provavelmente definhando cada vez mais. Se os policiais não tivessem entrado no apartamento, ela nunca estaria naquele avião, e isso a entristecia um pouco. Seus pais tentavam animá-la em relação ao futuro, mas, no íntimo, tinha vergonha de se sentir "salva pelo gongo". E se, nesse futuro, o gongo não soasse mais? A qualquer momento os ventos poderiam mudar de direção, e ela temia continuar flutuando no ritmo deles, sem um motor próprio. Terminando de tomar seu suco enquanto observava o céu pela pequena janela, deixou-se levar pelos seus pensamentos. No fundo, sentia-se injusta por não ter procurado Fernando nem para lhe desejar boa sorte, mas achava que tudo seria mais fácil assim. Não tinha voltado uma única vez ao apartamento, nem para pegar seus pertences. Também não quis que seus pais fossem lá. Preferia brincar de ignorar aquele período da sua vida, pelo menos por algum tempo, embora estivesse disposta a falar sobre o assunto quando voltasse ao Brasil e se consultasse com a terapeuta que uma velha amiga tinha indicado, em Curitiba. Já tinha ignorado tanta coisa em sua relação com Fernando, não tinha importância continuar ignorando. Quando se lembrava do vídeo que chegou a ver algumas semanas antes, em que dois homens faziam sexo oral um no outro...

A força que fez para duvidar de seus sentidos... De qualquer forma, agora, a tantos quilômetros da terra firme, era na temporada no exterior que queria pensar. Seria uma boa oportunidade para praticar inglês, menos fluente que seu francês. Para, quem sabe, aprender coisas interessantes e fazer amigos. Para descansar um pouco. Para tentar se lembrar de quem era e, principalmente, de quem queria ser a partir de agora.

29.

Fernando abriu a porta do apartamento.

Observou a sala e a cozinha por alguns instantes. Abriu a geladeira, tomou uma Coca. Procurou o controle da TV, mas, ao encontrá-lo, desistiu de ligar o aparelho. Sentou-se no sofá. Olhou a janela fechada, levantou-se, entrou no banheiro da suíte e abriu o chuveiro. Sentiu a água batendo em cada um de seus músculos, como que o acordando dos últimos dias que passara em estado de semiconsciência. O vazio de suas emoções foi substituído por uma tristeza infinita quando se lembrou de que não sabia até quando poderia tomar banho naquele chuveiro. Enfiou um pesado vazio no lugar da tristeza, que permaneceu no fundo de sua mente, submersa. Sentiu um pouco mais a água, passou rapidamente pelo corpo o sabonete ressecado, lavou o cabelo, desligou o chuveiro e enrolou-se na toalha. Olhou-se por alguns segundos no espelho e viu que, mais do que nunca, parecia exausto e doente. Pensou em fazer a barba, mas não conseguiu reunir ânimo para isso. Sentou-se à beira da cama e ficou estático por alguns instantes.

O telefone tocou na sala. Ele correu e atendeu no segundo toque, sem perceber que sua ansiedade era fruto de uma expectativa sem sentido de que aquele telefonema mudasse alguma coisa.

– Alô, Teresa? É da casa da Teresa?

Ele manteve o aparelho no ouvido, ignorando o que ouvia e balbuciando um – Não, desculpe – ao desligar.

Novamente na cama, ele passou as mãos no cabelo. Já estava quase seco. O que aconteceria com o apartamento durante o período que passaria na prisão? Não lembrava quanto tempo o advogado disse que ele tinha até o julgamento. Na verdade, mal se lembrava do nome do advogado. Marcos e algum sobrenome que começava com C.

De repente, levantou-se, voltou para o quarto e abriu o armário. Terceiro compartimento da parte superior do armário, da esquerda para a direita. Sua toalha caiu no chão, com a rapidez de seus movimentos, mas ele não notou. Tirou a caixa de recibos e documentos e a colocou em cima da cama. Abriu a caixa e pegou o envelope. O envelope branco. O envelope branco lacrado. Quem sabe, agora, teria coragem de abri-lo?

Passou as mãos no timbre em relevo do laboratório e depois no lacre bege. Fez menção de abri-lo, mas sentiu suas mãos trêmulas e o coração batendo forte. Então, desistiu e o devolveu à caixa, que guardou de volta no armário.

Percebeu a toalha no chão e a amarrou na cintura, para se lembrar de que não precisava usá-la. Estava sozinho. Mesmo assim, não se livrou da toalha. Em vez disso, conferiu se ela estava firme, arrumou os dois travesseiros da cama em posição vertical, se recostou e ligou a TV. Passava um filme que já tinha visto. Viu algumas cenas e mudou de canal. Um programa de auditório. Ajeitou as costas e deu uma risada quando o apresentador fez uma piada que ele já conhecia.

Lá fora, um ou outro som de buzinas. Em frente a uma banca, dois transeuntes liam a primeira página de um jornal.

Havia, no canto inferior esquerdo da primeira página de um deles, a chamada de uma notícia do caderno Cotidiano.

– Acusado por morte de travesti aguarda julgamento.

Uma jovem, passeando com seu cachorro, foi atraída pelo título.

– Fernando Souza confessou que contaminava propositalmente pessoas com o vírus HIV.

No sexto andar, Fernando assistia atento ao programa de TV.

Este livro foi composto em MINION PRO para a
Editora Planeta do Brasil em FEVEREIRO de 2014.